JN000553

Uno Aoi

宇野碧

キッチン・セラピー

Kitchen therapy

KODANSHA

Contents

第一話　カレーの混沌……5
第二話　完璧なパフェ……86
第三話　肉を焼く……154
最終話　レスト・イン・ビーンズ……224
エピローグ　大地のなべ料理……290

装画　浅野みどり
装丁　岡本歌織（next door design）

キッチン・セラピー

第一話　カレーの混沌

自分はこの世で一番ひどい迷子である、という気がしていた。

交差点、地下鉄の構内、住宅街、古いビルの階段。どんなに人と情報が多い場所であれ、さびれて忘れ去られたような場所であれ、通りすぎる人たちはみんな、自分の目指す場所もやるべきこともわかっている人間特有の自信に満ちているように見える。

どんなに疲れていても不機嫌でもハゲていても、自信があるのだ。

僕だけがルールを知らされていないゲームのなかにいる気分だった。いつも不安でおそろしくてたまらなかった。いつ「迷子」の異分子だと見破られて通報されるか。お前はここにいるべきじゃないとはじき出されるか。恐れるあまり、自ら叫んで暴露してしまいそうになる。

だけど今日はとりあえず、目指す場所があった。

ほんとうに僕が行くべき場所なのかはわからないけれど、とにかく明確な目的地がある。したがってほんの少し、今日の僕は強気だった。乗車しているバスが、びっくりするくらい急勾配の坂を登っていき、床に置いた紙袋が倒れたときも、降車しようとして小銭がないのに気づき両替に手間取った時も、余裕を持って普通の人間のふりをすることができた。

バスを降りた場所は、高級住宅街だった。三月もおわりにさしかかった、まろやかな日差しが大きな家々を照らしているばかりで、人の気配はほとんどなかった。どうしてお金持ちは不便なのに山の手に住みたがるんだろう。そんなことを思いながら豪邸の数々を通り過ぎる。

住宅街が途切れ、そのうちに舗装された道すら途切れて、山のふもとに行き着いた。

どう見ても登山客など来ないような、名も無き山だ。標識や看板の類いは何もなく、整備された様子もない。お盆の縁のような山々に囲まれているこの街の、ここは西の端にあたる。街がここでおわるのだ。

にわかに肌寒い風が腕をかすめる。家を出るときは完全に春の陽気だったのに、急に二週間ほど前の気候に引き戻されたようだった。腕と首筋が冷えていく。

山に入っていく道は、山仕事をする人が簡易的に拓いたような細い道で、せいぜい二人並んで歩くのがやっとの狭さだ。木々が鬱蒼《うっそう》としているので、ほんの手前までしか見渡せず、入るのがためらわれるほど暗く見えた。人の気配がないのが不気味だけど、気配があってもそれはそれで怖い。

この道で正しいのだろうか。そもそも、これは正式な道と呼べるものなのか。

判断に迷ったとたん、脳みそがかきまぜられたように頭がふらっとした。

急激に体温が下がっていくような感じがして、身震いする。どうして半袖のシャツなんて着てきてしまったんだろう。判断ミスだ。荷物が重すぎる。足が疲れた。僕はなんて体力がないんだろう。もう嫌だ。

もう少しで泣き出すところだったが、上着がバッグの中にあることに気づいてなんとか取り出した。グレーのカーディガンを着て暖かくなると、少し落ち着いた。

引き返そうにも、帰り道が途方もなく遠く感じられて憂鬱になる。それにまた目的地がなくなることが怖かった。進む方がマシだと思い、道かもよくわからない道を辿《たど》り山に入っていく。

――けっこう歩いて不安になってきたころに、左側にある道を曲がって下さい。

電話口でそう言われたときは、その説明にすでに不安になった。あまりに曖昧で再現性がない。僕のようにすぐ不安になる人間はどうすればいいんだ。

自信がなかったが、しばらく歩いたところで細い横道があったので左に折れた。

――曲がってからしばらく歩いて、ちょっと疲れてきたころに見えてきます。

不安は膨れ上がる一方だった。熊や蛇に襲われたらどうしよう。間を詰めて植林された杉やヒノキ。足の裏にぼこぼこ当たるたくさんの小石、盛り上がったぶあつい苔《こけ》。光があまり入らない山中の、つめたく湿った空気。どこからか聞こえる川の水音は、遠いのか近いのかわからない。歩けども歩けども、景色が変わらないように思える。道の両脇に繁《しげ》り放題のシダ植物たちは、獰猛《どうもう》で襲いかかってきそうに見える。

家がありそうな予兆なんてどこにもなかった。そもそも、目指す場所が存在しないかもしれない。そんな疑念が生じ、背中につめたい水を流し込まれたような気分になる。

ふたたび泣きそうになったそのとき、にわかに木立が途切れ、視界が開けた。

明るい日差しがまんべんなく照らしている空き地。あまりにぽんと現れたので、空間ごと空から落ちてきたような印象だった。

敷地のはじまりに、腰くらいの高さの小さな門がある。そのあたりで拾った木の枝で作ったと思われる、ハンドメイド感あふれる微笑ましい門だった。

門の右側に黄緑色の古びた郵便受けが立っている。白い文字で、

『町田《まちだ》診療所』

と記されていた。ステンシルとペンキで作ったのだろう。明朝体らしい端正な字体なのに、どこか脱力するような「間」をかもしだしていた。

門の向こう側には、あちこちに植物や花が繁っていた。人の手で植えられたことがあきらかな、でも手を入れられすぎることなくのびのびした、高低さまざまな群れ。とりどりの緑、薄紫、ひよこ色、桃色、日の光を反射して点滅しているような色たち。その間をジグザグに縫うように、レンガを敷いた小道があった。こちらもいかにも手作りといった感じだ。

小道を辿っていくと、ちいさなロッジふうの家があった。

扉は閉まっているのに、いつも開け放たれているような雰囲気があった。その佇まいを目にすると、体の力みが抜けた。

片流れの黒灰色の屋根に、赤茶色のレンガの煙突がアクセントになっている。

すらりとした広葉樹たちが守るように家に枝葉をのばし、三つある掃き出し窓は木々の葉の色を映して、まぶしいほどの緑に染まっていた。きらきらとこちらを見つめる、家についた緑

の目のようだ。家の左脇に、木組みだけの高床式倉庫のような薪小屋があり、みっしりと薪が詰まっている。

いつも、「他人の領域」に入るときは体がこわばって抵抗をおぼえる質だ。店であっても、店主のテリトリーという雰囲気がある個人店は得意ではない。それなのに、門を通りぬけるときも家に向かい歩いている間も、僕は不思議と落ち着いた気持ちだった。

森のなかを歩いていたときより、頬にあたる空気はずいぶんまろやかになっていた。燻製《くんせい》のようなスモーキーな匂いに、青々とした草の匂い、ハーブの香りがまじったような風が吹いてくる。近づくにつれ、匂いはよりいきいきとしてきた。家の前に立つと、さらに何かを炒めるような匂いが加わって、誘うように僕を取り巻いた。

ようやく辿り着いた。

建物正面の右端に戸口があり、その横にクリームがかったグリーンの自転車が立てかけてある。車輪の泥よけに、郵便受けの文字と同じ字体で『町田一号』と記されていた。

ほっとしたのはつかの間で、ドアの前に立つとまた緊張で背中がこわばってきた。大きく息を吸い込み、ノックしようとこぶしを作る。

その瞬間、何の前触れもなく扉が開いた。

息が止まりそうになり紙袋を取り落とす。中のものが一斉に地面に叩きつけられ、がちゃんと音を立てる。まるで小さな世界が壊れたような音だった。

「すみません。急に開けたから驚いちゃいましたよね」

背の高い人物が、大きな目でこちらを見下ろしながら言った。

「あ……と」

言葉がうまく出てこず、彼を見返した。

馬や牛の目を思わせる長いまつげに縁取られた、琥珀色《こはくいろ》の瞳。カフェオレのような色の肌に、金だわしのような形状のもじゃもじゃと広がる黒い髪。エジプトのスフィンクスと、タイの仏像を混ぜたような顔立ちの男性だった。

「町田モネです」

言葉を失ったのは突然ドアが開いたからでも、彼の外見が国籍不明だったからでもない。

手を差し出してきた町田さんが、なぜか滂沱《ぼうだ》の涙を流しているからだった。


「迷いませんでしたか？」

「ものすごく迷いました」

即答したとたん、ここまでの道の話をしているのか、別の話なのかわからなくなった。

「そうですか。迷うのも楽しいものです。迷っているうちになんとなく辿り着くというのが、いちばんおすすめの辿り着き方です」

町田さんは悪びれることなく言い、ぱたぱたとハンカチを顔に叩きつけるように涙をぬぐいながら玄関の扉を開け放つ。町田さんの背後に、奥までのびる廊下が見えた。

「……どうして」

涙を流しているのか尋ねようとしたけれど、会ったばかりでする質問として不適当に思われた。次に、どうしてカードに住所を書かないのかと続けようとして、こんな山の中に住所などないのだと思い当たる。

僕は、ポケットから緑色のカードを取り出した。

『くすりを一緒につくるキッチン』。

お世辞にもうまいとは言えない、小学生が一生懸命書いたようなえんぴつの手書き文字。裏には『町田診療所　町田モネ』と右下に小さく書かれ、電話番号だけが書いてある。

この奇妙なカードを見つけたのは、五日前のことだった。

何度か来たことのある、小さなビルの二階にある雑貨店だった。ぶあつい漆喰《しっくい》壁に開いた巣穴のようなスペースに、雑多なフライヤー類に紛れて一枚だけ置いてあったのである。

あまりのそっけなさ、情報量の少なさに、安らかな気持ちになった。迷子の僕が、がむしゃらに道しるべを探して手にした数々のセミナー情報や自己啓発本、セラピー関連グッズの類いとは真逆だったからだ。作り込まれたそれらの情報は、手にすることでどれほど得をするか、逃すとどれほど損をするかということを絶叫せんばかりにアピールし、それぞれが我こそが一番正しいと主張していて、焦燥と混乱が増すばかりだったのだ。種類の違う地図をいくつも渡され、全てを参照して進もうとしたようなものだ。余計に迷子になった。

カードに癒やされた僕は、なぜか電話をかけていたのだった。迷子を極めた末に、怪しいと警戒するセンサーも麻痺していたのかもしれない。

「そのカードは気が向いたら書いて、どこかに置いたり誰かに渡したりするんです。すごく集中力が必要だから、一日一枚が限度ですけどね」

町田さんは言い、ハンカチで鼻をかんだ。

……こんな適当な走り書きみたいなものなのに？

釈然としないままスニーカーを脱ぐ。これまで白を保ってきたスニーカーは、山を歩いたせいで土や草の切れ端がつき、うっすら汚れていた。

玄関がずいぶん広々と感じられるのは、一人暮らしの狭苦しい玄関に慣れているからだろうか。ねずみ色をした溶岩のような質感の三和土《たたき》は、きれいに掃き清められていた。上がり框《がまち》は予想外に高く、片足をかけたあと「ほっ」と気合いを入れないと上れなかった。足の長い町田さん仕様なのかもしれない。

町田さんの後をついて、玄関からまっすぐにのびるフローリングの廊下を進む。床材は使い込まれた風合いで、外から差し込む光で細かな傷が浮かび上がっている。廃材を再利用したのだと思われた。右手の壁の掃き出し窓からは外の木立が見えた。

吹き抜けで開放感のある廊下には、雑多なものものがランダムにディスプレイされていた。左手の壁からにゅっと出ている、人の手のかたちをしたライト。南の島の部族のものらしいお面。子供が入れそうな大きさの木のボウル。アンティークのキャビネットにかけられた、中東風のタペストリー。その上にはさまざまな国のお菓子の空き缶が並べられ、それぞれドライフラワーやら、真鍮《しんちゅう》の金具やらが入っている。

白漆喰の壁に、オーク製の小さな額縁に入ったスケッチ画が飾られていた。やぶりとったノートの一枚に子供が落書きをしたようなごちゃごちゃしたえんぴつ画で、通り過ぎざまに「だいどころ」という文字だけが目に入った。

町田さんに視線を移す。その後ろ姿から、なぜか縁起の良い印象を受けた。ぼんやりと理由を考えて、シルエットが末広がりだからかもしれないと思った。中東あたりの男性が着ているような、裾も袖も広がった生成りのワンピースのようなトップス。ボトムスも裾が広がった形をしている。そういえば、お寺の住職や神社の神主も末広がりのシルエットだ。

廊下を突き当たって左手に入り口があった。洞窟の入り口のようないびつなアーチ形で、ドアはなかった。

町田さんに続いてくぐり抜け、中に足を踏み入れる。


「わあ」

思わず声が出るほど広々とした、台所だった。

ちょっとしたセミナールームくらいあり、吹き抜けの天井は見上げるほどに高い。足を踏み入れたとたん、来たことがあるような気持ちになった。

通い慣れた大学の研究室の雰囲気にどこか似ているからだ、としばらくして思いあたる。すべての調理器具や備品、食材の入った瓶などが、整然とあるべき場所に収まっている感じ。目的をもって整えられた、パブリックな場所。

それでもこの場所には、「調理場」や「厨房」ではなく「台所」と呼ぶのが一番しっくりくるような何かがあった。置いてある調理器具や食器のテイストがバラバラだからだろうか。東南アジアや中東のハンドメイドらしい鉢や木べらもあれば、機能を追求したプロ仕様と思われるステンレスのボウルセットやブレンダーがあったり、やけに古そうな鍋があったりする。器具や食材たちから、「今はここに収まっていますが、いつでも違う場所に移動できますよ」というような、柔軟性を感じた。強制力による硬い秩序ではない、もっとリラックスしたおおらかな秩序だ。

実家の台所がふと脳裏をよぎる。潔癖といえるほどきれい好きな母がいつも磨き上げていた台所は、乱してはいけない類いの「硬い秩序」で張り詰めていた。何かを飲んだコップひとつでもシンクに置きっぱなしになっているのを、母は良しとしなかった。

呼吸をととのえるために大きく息を吸うと、ふたたび周りに注意を向ける。

左側の壁に沿って収納棚、キャビネット、バナナ色の冷蔵庫。ゆったりしたスペースを挟んで、その向かいに四口のガスコンロ、目にしみるほど真っ白な天板の作業カウンター、シンクが一体になった長方形の島のようなシステムキッチンがある。

部屋の中心には、十人は掛けられそうな一枚板の大きなダイニングテーブルが鎮座している。赤みがかった無垢材でできたそれは、なんともいえない包容力をかもしだしていた。テーブルを、いくつかの椅子が囲んでいる。布張りのスツール、楕円形の籐の籠に足をつけたような形状のもの、丸太を組み合わせた野趣あふれるもの……ぜんぶテイストはバラバラなのに、ひとつのバンドのメンバーのように妙な一体感があった。

右の角には、存在感のある黒い薪ストーブが、同じ色の煙突で屋根とつながっている。そのさらに右にぐるりと視線を向けると、裏庭に出るための大きなガラス窓の前にラグがしいてあり、山菜のようなものが入った大きな籐のザル、キッチンばさみ、生成りのふきんなどが置いてある。

入り口から見て正面にも窓があって外が見える。ということは、他に部屋はないらしい。廊下の突き当たりにドアがあったけれど、スペースから見積もっておそらくトイレだろう。つまり、この建物はほぼ全体が台所なのだ。

整然としているのに自由。

にぎやかなのに、静か。

不思議な印象の台所だった。

「……すごく広いですね」

「そうなんです。どこでも好きなところで自由に料理ができます」

町田さんはこのうえなく幸せそうに、コンロの横にあるまな板の元へ行った。作業途中だったらしい。まな板の上には、みじん切りにされている最中の玉ねぎがあった。

「僕を泣かせるほどの奴に出会ったのはひさしぶりです」

涙の原因はこれだったのか。大昔のコメディーのようなオチだ。

「最近の玉ねぎからは失われた気概があります。有機農業をやっている友達が送ってくれたんですよ、熊本《くまもと》から」

熊本、の言葉にどきっとして、胸がふさがるような気持ちになる。

町田さんは、みじん切りの続きを一瞬で終わらせた。

包丁がまな板に当たる音すら、ほとんどしなかった。雪玉がふわっとほどけて粉雪に戻ったかのように、玉ねぎの玉が細やかな粒の白い山に変わっていた。

ただの白ではなく、みずみずしい透明感のあるすりガラスのような色。たまねぎの色がこんなに綺麗だとはじめて気づいた。

町田さんはシンクの下の収納スペースから、直径五十センチほどもある鉄製の平鍋を取り出すとガスコンロにかけた。埋め込み式のフラットなトッププレートは、パール加工の黒色で、無数の細かい星が散る銀河を思わせた。四口が横並びになっている。

「いいでしょう。何人かで料理する時も並んで作業しやすいんです」

町田さんは、嬉しくてたまらないといったふうに自慢した。

鍋があたたまったところで、白い陶器の入れ物から油脂のかたまりをすくって鍋に落とす。

「ギーです。インドの澄ましバターですね」

それから町田さんは、僕に手を洗わせたあと、何の前置きもなく「どうぞ」と木べらを差し出し、手に握らせた。

「とりあえず、玉ねぎを炒めてください」

町田さんはまな板を持ち上げて傾ける。まな板からすべり台を滑るように、玉ねぎのかけらたちが鍋に飛び込む。じゃっと景気の良い音とともに、鍋からつんとくる蒸気が上がり、目と鼻を刺した。

「どういうことなんですか?」

僕は涙目で尋ねた。

実際のところ、ここに来るまで僕は何も知らされていなかったのだ。

顧客に合わせて、一緒にハーブだか漢方だかを調合するセラピストのようなものだと思っていた。電話をかけたとき、詳しく説明してくれるのだろうと。ところが、電話に出た町田さんは僕の名前を訊いただけで、「では一緒にくすりをつくりましょう」とカードそのままの台詞を言い、日時を設定して場所の説明をし終わると、「家にある食材をひとつ残らず持ってきてください」という謎の指示を出して通話を終えたのだった。

きっと実際に会ったらまともな説明とカウンセリングを受けられるのだろう、と言い聞かせながらやって来たのに、見せられたのは涙と玉ねぎと木べらだけだ。

あまりにも不親切すぎるではないか。

慣れない抗議をするべく口を開きかけると、町田さんが涙で潤んだ目で僕を見つめた。

「わかるんですよ」

「え?」

「声を聞いただけでわかるんです。北原巧己《きたはらたくみ》さん、あなたにはカレーを作る必要があるんです」

「意味がわかりません」

そう返すと、町田さんは「待て」のポーズのように両手を胸の前で広げ、くあっと目を見開いた。

「カレーを・作る・必要が、あるんです」

「いや、言葉の意味はわかります。声を聞いただけでって、僕は何も話していないのに何がわかったっていうんですか。だいたい、ここは『診療所』なんですよね？『くすりをつくる』って言ってたじゃないですか」

「これがくすりです」

町田さんは、鉄鍋の中の玉ねぎを指さした。

「え？」

「ここが診療所なのは、台所は人を癒やす場所だからです。でも間違えないでくださいよ。癒やしっていうのは、お金を払えば受けられるサービスじゃないんです。覚悟が必要なことなんです。くすりだって、人からもらえるもんじゃない。自分でつくらなきゃだめなんです」

まるで答えになっていない。が、とりあえず僕は鍋をかき混ぜ始めた。玉ねぎが焦げてしまいそうだったからだ。

「巧己さんは、どうしてここに来たんですか」

町田さんがジュージューと問いかけた。いや、ジュージューいっているのは玉ねぎだ。わけのわからない状況で、町田さんの声と炒める音の区別もつかなくなりそうだった。

「……わかりません」

「そうかあ。あのカードを見つける人は、なにか『症状』があるはずなんです。でもまあ、あせらなくていいですよ。四十分くらい炒めるので、考える時間はたっぷりあります。玉ねぎを炒める作業は、そのためにあるようなものです」

のんびりと言う町田さんの顔には、乾いた涙の跡がついていた。

ぼんやりと鉄鍋の中を見る。玉ねぎはだんだん透明度を増していき、攻撃するようだった臭気が、だんだんと角が取れてマイルドになってきた。

「……わからないんです」

やっぱり、その言葉しか出てこなかった。

「何もかも、わからなくなっちゃったんです。何がわからないかも、わからないんです」

＊

思えば、大学院に進んで三ヵ月も経たないうちから兆候はあった。

一浪して入った理系の私立大学を卒業した後、名前を告げれば誰もが知っている大学院の、遺伝子工学の研究室へ進んだ。就職をしなかったのは、下手な企業の研究職に就くよりはもっとレバレッジの利く道を選びたいと思ったからだった。

親に高い学費を払ってもらってこの道に進んだからには、世界のニュースになるような発見をしたい。もっと言えば、ノーベル賞を獲りたい。そのうちに、むしろ獲らなくては生きている価値がないくらいに思い始めていた。

研究室の中は、特殊な時間が流れている世界だ。気が遠くなるような地味で地道な作業を延々とやり続けたあと、テレビやインターネットを見たり繁華街へ出かけたりすると、あまりの速度の違いに唖然としてしまう。かたつむりの世界とチーターの世界を行き来しているような感じだった。

大学時代に仲が良かったドミノサークルの仲間とは、しょっちゅうラインのやりとりをしたり、毎月のように集まって飲みに行ったりしていた。だけど次第に、共通の話題がなくなっていった。僕以外の全員が就職し、早い者はすでに結婚したり、家を買ったり。具体的な話の内容が合わなくなってきた以上に、粒子レベルでのズレが生じて対応できない、といったような感覚が生じた。

「北原、今ワープしてなかった?」

「数秒、北原の周りだけ時間が止まってたよ。話しかけたのに反応ないし」

友人たちは冗談のネタにし、僕も合わせて笑っていたけれど、うっすらと何かがおかしいなと思い始めていた。ズレていた数秒か数十秒はまったくの空白で、彼らの世界で何を話していたのかおぼろげにすら記憶がなかった。

「たくちゃん、夏なのにいくらなんでも青白すぎない? 日光が足りないとビタミンDが不足して鬱になりやすいよ。研究室にこもってないで、たまには旅行でもしない?」

東《あずま》君がそう声をかけてくれたのは、九月の中旬にさしかかるころだった。

「連休に熊本の実家に帰るんだけど、良かったら息抜きに一緒においでよ。前に黒川《くろかわ》温泉の話したとき、行ってみたいって言ってたでしょ？　阿蘇《あそ》高原とかも案内するよ」

一人だけ僕を「たくちゃん」と呼ぶ東君は、グループの中では一番近い存在だった。鷹揚でオープンな性質で、人を否定したり決めつけたりするところがなく、一緒にいて心地よい。東君とは意見が合うことが多かった。手工芸品や美術館巡りが好きだという共通点もあり、二人で出かけることもあった。

みんなが僕に頓着せずすたすたと先へ行き、追いつけないほど離れてしまっても、彼だけは心配そうに振り返ったり、「大丈夫？」と声をかけてくれるような存在だった。

旅行なんて無理だと最初は思った。一日だって実験を離れることは考えられない。その間に重大な細胞の変成を見過ごしてしまうかもしれないし、他の大学の研究室に先を越されてしまうかもしれないのだ。

だけど東君が、僕を帰省のお供に抜擢するほど親しいと思ってくれていることが嬉しかった。迷ったあげく、思い切って教授に許可を取り研究室のメンバーに交代を頼んで、一緒に行くことにしたのだった。

空港に向かうまでは、やっぱりやめとけば良かったかなと、後ろ向きな気持ちが大きかった。遊んでいる場合じゃない気がしたし、考えてみれば誰かと二人で旅行するのは初めてだ。果たして楽しめるのかと不安もあった。

だけど空港で、軽やかな空気をまとった東君に会い、「たくちゃん、はろー」と満面の笑みで手を上げられると、不安の体積が半分ほどになった。さらに、非日常へと向かう旅行者たちに入り交じっていると感化され、気分はどんどん軽くなっていった。

空港と東君はまったくたいしたものだ、と感じ入りながら、飛行機に乗り込むまでの前向きな空白をすごした。ガラス越しに眺める飛行場は、空を飛ぶ大型動物が休息したり餌をもらったりしている巨大な飼育場のように見えた。

熊本行きの飛行機が離陸してしまうと、完全に未練を切り離して陸に置いてくることができた感覚があった。機内誌を見ながら東君と他愛もない感想を言い合う。空港から黒川温泉に向かうレンタカーの中で、芸能人の下世話なゴシップについて話したり、目についたものにくだらない感想をもらしたりする。そんな時間に意外なほど癒やされている僕がいた。

黒川温泉郷は、思った以上に素晴らしかった。

緑ゆたかな里山にとけこむように風情のある旅館たちが点在していて、どこを歩いていても美しかった。川の音と、木々のざわめきが同じ透明度でかさなり、その上を、浴衣で歩くひとたちの下駄の音が横切っていく。

青々と冴えた空気にお湯の匂い、ひっそりと黒光りする瓦屋根と木漏れ日、思わず吸い込まれていきそうな門構えの店たち。景観というのは見るものじゃなく、身を置いて初めて感じられるものなのだと思った。

薄切りのバウムクーヘンのような、丸い木でできた入湯手形を首から下げ、並んで歩きながら僕がしきりに感嘆の言葉を口にしていると、東君は自分が褒められたように「ふふ、いいでしょう」と笑った。

「うちのお父さんが子供の頃はさびれてて、わざわざ行くようなところじゃなかったって。八〇年代にそれまでの旅館組合を再編成して、絵になる景観作りに本気で取り組んだらしいよ。ふぞろいな看板をぜんぶ撤去して統一されたテイストにしたり、殺風景な杉林ばっかりだったのを剪定したり植樹したり、自然と調和した露天風呂を作ったりしてね。四十年近い年月をかけて、たくさんの人の手によって作られてきた景観なんだよ」

「ああ、だからこんなに感動するのか。ただの自然に任せたものじゃなくて、人の手の美しさみたいなものを感じるから」

深く納得した。こうありたいという強い意志と、こまやかに維持してきた美観をこれからも守っていくのだという矜持《きょうじ》。ゆるみながらも背筋が伸びるような、ここちよい感覚に包まれた。

「本当に超絶にすばらしいよ。急にこんなきれいなところに来ちゃって、今までの研究の日々と落差がありすぎてショック死するかもしれない」

「たくちゃん、大げさだよ」

東君はげらげら笑ったあと、

「僕が一番いいなと思うのは、ぜんぶがひとつになってるからなんだ」

首から下げた入湯手形を見つめながら、ふとまじめな声音になった。

「どれか一軒の旅館だけが儲かっても意味がない、黒川温泉郷にある旅館ぜんぶひっくるめてひとつだっていう考え方で、不利な条件にある旅館を救うためにこの湯巡り手形も作られたらしいよ。だからこんなに、ぜんぶが調和してるんだろうね。全体でひとつの旅館、ていうコンセプトらしいけど、むしろひとつの生き物に思えるくらいだよ」

渓谷を見下ろす露天風呂に浸かっていた時、ひとすじの風が頰をかすめた。ゆくえを見守るように視線を動かすと、はっとするような美しい色が目に入った。

断崖に一輪の花が咲いていたのだ。日暮れに入る前の光に輪郭をふちどられ、内側から輝くような桃色の花。笹のような形のすっきりとした葉は、透けるような若々しい緑だった。

夕暮れの渓谷と一輪の花。忘れられない絵のような風景。

東君の言う「ぜんぶがひとつになってる」調和にいま、僕も入っている。そんな感覚が、お湯のあたたかさと一緒に体を満たした。

「誘ってくれてありがとう」と、少し離れたところにいる東君に言いたかった。が、男二人で温泉に浸かっている状況下の台詞《せりふ》としては気味が悪い気がしたので、「今度はみんなで来たいね」と言った。

次の日は、阿蘇高原に寄ってから熊本の市街地へ入り、東君の実家で家族との食事に参加する予定だった。

旅館の食事は美味しかったし、場所が変わると眠れない方なのに思いのほかよく眠れた。何もかも順調で、夢のような旅だったのだ。

翌日、あんなことになるなんて予想もしていなかった。

*

「……ほんとうに何も問題がなかったんです。次の日、東君の『実家』に行くまでは」

玉ねぎがしんなりと茶色になり、濃縮された水分がしゅわしゅわと音を立てている。

だいぶ時間が経ったらしい。それなのにまだ、熊本に行ったところまでしか話せていないなんて。

自分の話し下手かげんにいたたまれなくなる。元来コミュニケーションは大得意というわけじゃないけれど、以前の僕はもっと理路整然と、的確に話をすることができていたはずじゃなかったか。今こうして、何も考えなくとも木べらを動かしているように自然に。

どうしてこんなことになってしまったのか。

答えがほしい。正解がほしい。誰か教えてほしい。すがるような気持ちで町田さんの方を向く。

「あの、これってもう終わりでいいんでしょうか」

みじん切りだった玉ねぎたちは、ところどころ輪郭が溶けてきつね色のペースト状になっている。たっぷりと油分を含み、全体が艶めいていた。

「巧己さんが終わりだと思えば終わってください」

そう告げた町田さんの口調も表情も、おだやかだった。

が、にわかに強いフラッシュを当てられたように頭が真っ白になった。町田さんが鬼教官のように思えてくる。体の中身がこの場を離れたがっているように、意識が逃げていきそうになるのをどうにか押しとどめた。

「無理ですよ。玉ねぎが炒め終わってるのかどうかなんて、わかりません。そんな重大な判断を僕に委ねないでくださいよ」

声が震えた。今の僕には、こんなことでも一国の政策を決めるにひとしい重荷なのだ。

町田さんはうなずくと、

「終わりです」

断定した。きっぱりとした声に安心して、僕はやっと火を止めることができた。

腕が重くてだるい。たいして力がいらない作業でも、長いこと続けるとダメージを受けるものだ。ここに来るまでに重い荷物を運んできたせいもあるけれど。

「ところで、お願いしたものは持ってきましたか」

町田さんがふいに尋ねた。

一瞬うろたえたが、

「あ、はい。あそこに」

入り口のわきに置いた紙袋を指さした。

町田さんは紙袋を持ってくると、「いいですか?」と確認してから中身を一つずつ取り出しはじめた。

四分の一にカットした大根。冷凍の合い挽き肉。使いかけのタバスコに、無添加ケチャップ、「静岡本わさび使用」のチューブのわさび、食塩の小瓶。卓上しょうゆ。開封していない白味噌。バター風味のマーガリン。砂糖不使用のブルーベリージャム。イタリア産トマトのパスタソースの瓶。一束だけ残っている早茹でのスパゲッティ。アロエヨーグルト。「遠赤外線乾燥」の小分けパックの鰹節。ビタミンC強化の野菜ジュース２００ミリリットル入りふたつ。

別に恥ずかしいものでも何でもないのに、なぜか自分の下着を取り出して並べられているようないたたまれなさに全身が熱くなった。

――家にある食材を、ひとつ残らず持ってきてください。

町田さんから下された謎の指令。

ふだん食べているものを全部見せることは、超プライベートな部分をさらすことなのだと、遅まきながら気づく。こんなに羞恥を感じる行為だとわかっていたなら、従ったりしなかったのに。

町田さんは、さらされた僕のプライバシーに何のコメントをすることもなく、

「とりあえずクミンを投入です」

玉ねぎの鉄鍋に、雑草の種のようなものをひとつかみ入れた。

「繊維が残ると舌触りが悪くなるから、最初に炒めて弾《はじ》けさせるんですよ」

弾けたクミンから、エキゾチックで鮮烈な香りが立ち上る。自分を包んでいる膜のようなものが、一瞬でぱりっと剝がされたような気がした。目が覚めるほど新鮮なのに、どこか知っている感じがする。きっとインド料理屋で嗅いだことがあるのだ。本格的なカレーの中核を成すスパイスなのだろう。

「インドでは、胃腸をととのえるためにそのままかじったりもします。よかったらどうぞ」

三粒ほど手のひらに載せられた粒を、おそるおそる口に入れて嚙む。強い芳香のかたまりが、鼻孔をぬけていくのをはっきりと感じた。

「生きが良いクミンでしょう。売っている人も生きが良かったんです。ブルドーザーでぺしゃんこにされても次の瞬間にまた膨らんで文句を言ってそうな、赤いサリーが似合うおばちゃんでした。魚料理にはどんなスパイスを使うべきかとか、おばちゃんのこだわりをそれから二時間も聞かされました」

町田さんは、他にもたくさんの瓶を戸棚から取り出した。

「スパイスはみんなインドで買ってるんですか」

「インド、ネパール、スリランカやパキスタン、モロッコのもありますよ。コリアンダーなんかは日本でも育ててみたんですが、どうもパンチがなくて。土壌に合わないんでしょうね」

いくつかの瓶の蓋が開くと、さまざまな香りが混じり合い、そこにはあっという間に異国の市場のような空間ができあがった。いくつもの籠に山盛りになったスパイスや果物、頭に荷物を載せて行き交うカラフルな衣装の人々。情報は香りだけなのに、立体的な映像がおぼろげに浮かび上がってくるようだった。香りが奏でる交響曲を聴いているような気分でもあった。

町田さんは、大きくて平らなすり鉢と太いすりこぎを僕に渡すと、スパイスを順番にすりつぶして混ぜ合わせるように命じた。

「これはカレーの黄色の元になるターメリック、肝臓の薬でもあります。インドの女性はフェイスパックに使うこともあるんですよ」

「顔が黄色くならないんですか」

僕が素朴な質問をすると、町田さんはまた胸の前で両手を広げて、力を込めて目を見開くリアクションをした。どうやら癖らしいが、そんなに大きな反応をするような場面ではない。町田さんのタイミングが読めず、やや戸惑う。

「僕はやったことないからわかりません。巧己さんやってみますか？」

「やめておきます」

丁重に辞退したのは、すっぱいような土臭いその匂いが苦手だったからだ。

町田さんはそれからも、次々に瓶を取り出しながらそれぞれのスパイスの説明をしてくれた。

緑の線香花火みたいな実り方をするカルダモン。見上げるほど大きく繁るクローブの木。うっすらと桃色に染まる小さなその花のつぼみを乾燥させると、スパイスになる。蔓《つる》植物の胡椒は、他の木に絡まって成長する。シナモンは樹皮で、生えている木の皮をその場で削った時のフレッシュな精気。

さっきまでの異国の市場の映像の向こうに、今度は鬱蒼としたスパイスの森が姿を現わして、大きく繋っていくような気がした。

「スパイスはそれぞれ、加熱で香りが出るタイミングが違うから、料理のどの段階でどうやって加えるのかは、本当は厳密な調整が必要なんです。でも今回はぜんぶミックスしちゃうので、最初に煎《い》って調整しましょう」

そう言って町田さんは、スパイスのいくつかを小さなフライパンで煎る。どれくらいの時間煎るのかを見極める町田さんの迷いのない横顔を、僕は痛いほどの羨望をこめて見ていた。

それからひとつひとつ順番に、すりこぎを手にした僕がすりつぶしていく。粒が小さいものはすり鉢で順番にすりつぶしていき、大きくて固いもの、リーフ状のものは町田さんがおろし金や電動ミルを使って粉末にしてから、すり鉢に加えていく。スパイスの選別や量は町田さんが迷いなく決めてやってくれたので、僕は何も考えず安心して、単純な作業に没頭することができた。

「こうするといいですよ」

町田さんが、バッティングフォームならぬスリコギングフォームを指導してくれた。

左手をコンパスの中心のように使ってすりこぎを固定し、その軸の周りを回るイメージで動かす。とたんに、すりこぎがひとりでに動いているように楽になった。

どっしりと重い厚手のすり鉢は、力を入れて押さえなくても揺れたりせず頼もしい。すりこぎとすり鉢の、職人同士のあうんの呼吸に加えてもらっているようで、どこか誇らしい気持ちになった。

うつろい、変化していく香りの中ですりこぎを握ってひたすら円を描き、スパイスをつぶし、まぜる。

ごつごつした重い感触から、さらさらと軽い手応えまでのグラデーション。その繰り返し。ささやき声のお経のようにひたすら続く、すりつぶす音。だんだん気持ちよくなってくる。何も考えないことの快感に満たされ、体だけが勝手に動いている。

僕はありえないほど集中していた。周りが消え、何もない空間に浮かんでいるようだった。自分の中身が一緒にすり鉢ですりつぶされ、体が気持ちよく空っぽになるような感じがした。

「こんな感じでいいですか?」

町田さんの声で我に返った。

促されて、すり鉢からたちのぼる香りを吸い込むと、細胞のひとつひとつに一緒に踊れと促すように体のなかを駆け巡った。疲れることなくスリコギングを続けられたのは、この活気にみちみちた香りのおかげかもしれない。

土のような香り、すっぱいショウガのような香り、まったりとした油分と甘さのある香り、鼻孔を鋭く突くような刺激的な香り……それぞれのスパイスの香りは強いのに自分だけ主張することなく、ひとつの調和を成している。

「いい……ような気がします」

口にすると、眠っていた大きな魚が動き出したように胸が波打つのを感じた。が、そのあと

にわかに不安になり、

「よくわかりませんが」

と付け足した。

僕はもういちど、その調和を吸い込んだ。調和しているけれど、ルーで作る日本のカレーのように予定調和で均《なら》されたものではなく、変化自在な生命力がみなぎっていた。

すり鉢に顔を近づけて匂いをかぐと、町田さんは満足そうな表情を浮かべる。

「バランスが良くていい塩梅です。後から必要に応じて調節しましょう」

鉄鍋を再び火にかけ、町田さんが戸棚から取り出したトマトの水煮缶を入れる。

「さあ、ここからは巧己さんの領域ですよ」

町田さんにまっすぐ見つめられ、僕は困惑した。

「このミックスしたスパイスと、持ってきてくれた食材を全種類入れてください」

「全種類？　これを？　どう考えてもカレーの材料じゃないですけど」

理解を超えた言葉に、じっとりと汗がにじんでくる。無防備に連れてこられた食材たちが、不安そうに僕を見上げている。

「どんなものでもカレーの材料になれるんですよ。カレーの包容力は無限ですから」

町田さんが、信者を諭す神父のような口ぶりで言う。

「無限？　無限だなんてどこにエビデンスがあるんですか」

「無限のなかにあります」

まるで禅問答だ。町田さんに、指示を撤回しそうな気配はまるでなかった。

僕はエラーを起こしたＡＩのように、思考も体もフリーズする。手のひらが汗で湿る。意識が遠のきそうなのをこらえる。町田さんのにこやかな顔が、遠のいたり近づいたりする。

たぶん僕はかなり長いこと、固まっていたのだろう。

「仕方ないですねえ。では僕が、ひとつだけ代行しますね」

町田さんが、わさびのチューブを取り上げた。

蓋を開けたチューブの中身を絞り出すと、町田さんは一気に鍋の中に落とした。

「！」

叫ぼうとしたけれど、喉がつぶされたように奇妙な音が出ただけだった。

あまりの無秩序で横暴な行為に、言葉が出てこない。どうしていいのかわからない。こんなことはやっていられないと断るべきか。だけど、断った先に明確なビジョンがあるわけでもなかった。

観念してなんとか言葉を絞り出す。

「……それぞれ、どれくらい入れたらいいんですか」

指示さえ出してもらえたら、どうにか対処できる。というか、出してもらわないと無理だ。

ところが町田さんは、

「巧己さんが思うように、好きなだけ入れてください」

丸投げした。

さっきまでの、何も決めなくてよかった安全な世界から、僕は再び断崖絶壁に立たされた。

＊

黒川温泉に泊まった翌日、阿蘇高原に立ち寄ってから熊本市入りした。

レンタカーを返却した後、バスと徒歩で町を移動し、馬刺しが美味しいと東君が連れて行ってくれた店で遅い昼食を食べた。

東君の実家は、中心部からは少し外れたところにあるらしかった。

熊本市内は、中心にどっしりと建つ熊本城に見守られ、とてもゆったりとした時間が流れているような気がした。

城がある街はいいものだ。時代を越えた大きなものがいつでも視界にあるというのは、街の人々の心のありように影響するに違いない。路面電車が新鮮で、僕は子供のようにはしゃぎたい気持ちになった。

人の歩く早さや顔つきもゆとりがあるように見える。東君にそう言うと、

「そうかな？　阿蘇に行った後だけん、その印象の影響じゃなかと？」

ぽろっと方言が出て、ゆったり油断しているその感じがとても良かった。

熊本に来てからの東君は、ここで生まれ育ったんだなと納得させられる説得力を放っていた。「らしさ」のようなものが刻一刻と濃くなっていく。

感化されて、僕もどんどんリラックスしていった。驚くべきことに、あれほどいつも頭を離れなかった研究のことを忘れていることさえあった。

熊本と東君はまったくたいしたものだ、と思いながらバスに揺られているうちに、すこんと眠っていた。普段、人といるときに眠ってしまうことなんてなかったのに。

東君に揺り起こされ、目が覚めた。あわててバックパックを背負い東君の後についてバスから駆け降りた。

東君も眠かったのか、すこしぼんやりした様子で歩いて行った。

「微妙にバス停から遠いんだ。十五分くらい歩くけどいいかな」

踏切の音がきこえた。バス停のすぐ横に、葉を繁らせた桜並木があった。そこは昔ながらの住宅街のようだったけれど、何かすこし違和感がある気がした。が、寝起きでまだ夢うつつだった僕は頭が働かず、東君の背中を追ってふらふらと歩いた。

ふいに東君の背中が立ち止まった。

「ここが僕の……元実家」

そうつぶやいた東君の視線の先を見た。

そこには、何もなかった。

更地に、ところどころ雑草が生えている。端のほうに瓦礫が積み上がった箇所があり、セイタカアワダチソウに覆われかけていた。

「正確には、生まれた時から住んでた実家があった場所。古い家だったから潰れちゃったんだ、四年前の地震で。久しぶりに見ても、ここに何もないのって慣れないなあ」

そのとたん、がくんと自分の体が揺れ、いきなり停電したように視界に暗幕が下りた。

今家族が住んでる新しい実家は、あと少し歩いたとこにあるマンションなんだ……東君の声が、電波のひどく悪いところからの通話のように途切れ、遠ざかっていった。


東君によると、あの時僕は急に白目をむいてその場に倒れたらしかった。

気づいた時にはストレッチャーに横になり、救急車で運ばれていた。病院でひととおり検査を受けたけれど体に異常はなかった。東君が反射神経を働かせて倒れる僕を支えてくれたおかげだ。無防備に頭を地面に打ち付けていたら、大事に至っていたかもしれない。

何が起こったのか、理解できなかった。

無と化した東君の元実家の前に立ったとたん、まるで僕の意識も大きな地震に襲われたかのようだった。

東君の実家はきっと、地に足の着いたあたたかさに満ちた家なんだろうなと想像していた。リビングには子供達が小さかった頃の写真が飾ってあったり、各自のマグカップが決まっていたりするのだろう。東君の部屋はたぶん、高校卒業の頃のままになっていて、その頃のマンガやポスターが残っているのかもしれない、と。

それがまるごと一瞬で失われるということが、頭での理解を超えていたからなんだろうか。

東君のご両親と高校生の妹さんが、病院まで車で迎えに来てくれた。一人でホテルに行かせるのは心配だからと、ご厚意で実家に泊めてもらうことになった。

とても親切なご家族だった。マンションの部屋は新しく、片付いて居心地の良い空間だった。それなのに、その中で過ごしていると、どこか「ニセモノ」のような違和感があり、仮設された現実の中にいるような気がした。東君のご家族すら、依頼を受けて演じている人達のように思えてきた。社交的なふるまいをするための回路にバグが起きたように、何を言い、どんな態度を取ったらいいのかもわからなくなっていた。

四年前の地震がまるで意識になかったことが、いたたまれない気持ちもあった。

「家までの途中にあったから何気なく見せちゃったけど、たくちゃん繊細なとこあるからショックだったよね。何も考えてなくてごめん」

東君が謝ってきたことがよけいにいたたまれなかった。謝るのは僕の方だ。

東君は地震のことを話していただろうか。僕が浮かれていてちゃんと聞いていなかったんじゃないだろうか。四年前。大学に入学したばかりだった東君はどんなにショックだっただろう。ご家族も、被災した人達もどんなに恐ろしい思いをしただろう。何も考えず、脳天気に観光していた自分が死ぬほど恥ずかしかった。

東君とご家族に謝るべきなのだろうか。余計に失礼に当たるのだろうか。こんなふうに急に迷惑をかけている自分。何も考えていなかった無神経な自分。どうしたら自分の失態をなかったことにできるのだろう。

焦るほど何も考えられなくなった。

どんな言葉が正解なのか、なにひとつわからなかった。入試の答案用紙を前にしているのに何も思い浮かばず、白紙の上を時間だけが過ぎていく悪夢をたまに見るのだが、その悪夢が現実に侵食してきたような気がした。

翌日、東君に見送られて空港まで行ったはずなのだが、どうやって家まで帰ってきたのかもろくに覚えていなかった。

*

「あの卒倒事件からなんです。『迷子』になってしまったのは」

わさびのチューブを手に迫ってくる町田さんに対して僕は、必死に説明をこころみた。どうにか指示を撤回してもらう必要がある。

「何をすればいいのか。人と何を話せばいいのか。突然わからなくなるんです。何を買うかとか、何を着ればいいのか、そんなことすら今までのように決められなくなっちゃったんです」

決めることや選ぶことを、どうやって行っていたのか思い出せないのだ。何をしている時でも、「本当にこれを今やっていていいのか」と不安になった。

どんなささいなことでも、「決める」「選ぶ」ということが恐ろしくて、たまらない。決めたとたんに、それは僕の制御を越えて四方八方に飛んでいき、どこかで僕の理解を超えた化け物に変わっているかもしれない。そして、この先どこかで襲いかかってくるかもしれない。何かを考えて決めようとしたとたん、そんな恐怖に襲われた。熊本で倒れた時の感じが、ひたひたと近寄ってくる。

なるべく自分に刺激を与えないように気をつけて生活するしかなくなってしまった。決まった時間に同じことをする。同じものを買って食べる。同じ服を着る。母親から月に一度、食料品が詰まった荷物が届くのはありがたかった。考えなくて済むからだ。

それでも、当然ながら予期しないことは起こる。電車が遅延したり、誰かに思わぬことを話しかけられたりするとフリーズしそうになり、落ち着くまでに時間を費やした。

「……町田さんは、外国で迷子になったことがありますか」

町田さんが黙ったままなのが不安で、僕はさらに言葉を重ねる。誰かに対してこんなに喋ったのはいつぶりだろう。

「まさにそんな感じなんです、ずっと。自分がどこにいるのかわからないし、どうやってここに来てしまったのかもわからない。帰り方もわからないし、まったく言葉がわからない国だから人に尋ねることもできない。そもそも、帰る場所の名前もわからないから伝えることもできない。やみくもに進んだら余計に迷うから、ずっと同じ場所に立ってるしかできない。慣習も法律も言葉もわからない外国だから、そんなつもりがなくても違反を犯してしまうかもしれない。八方塞がりで、身動きできないんです」

「言葉がわからない国で迷子になったことなら、いっぱいありますよ」

町田さんはあっさり言った。

「友人に紹介してもらった人をたずねて、南インドを旅してたときもそうでした。英語がまったく通じない田舎で、たぶん全然違う方向に行くバスに乗っちゃって、どこなのか見当もつかないところに着いたんです。色んなひとに住所を見せて、指示されるままにまたバスに乗ったらそれも間違ってたのでもっと迷子になりました。スーパー迷子ですよ」

「それで、どうなったんですか」

町田さんがそこで話を終わりそうだったので、つい気になってつづきをうながす。

「行き着いたところで出会った人が泊めてくれたので、ここが目的地だったんだと思うことにしました」

そんな結論の付け方があるだろうか。文化的背景が違いすぎる。

「泊めてくれた人がすごくいい人で、美味しい料理も教わって仲良くなったしいい思い出ができました。結果オーライです」

だめだ、話が通じない。比喩を間違えたらしいと僕はがっくりする。

「それで、迷子の巧己さんの目的地はどこなんですか?」

町田さんは、わさびにマッサージをほどこすようにチューブを押し、中のペーストを移動させて遊んでいる。

「……僕はただ、元の場所に戻りたいだけです」

「元の場所ってどこですか」

「迷子になる前の自分です」

「迷子になる前の巧己さんて、どんな巧己さんですか」

「どんな僕と言われても……」

町田さんは、僕の行動を待つように静かに見つめてきた。

その視線から逃れるように、鍋のなかの物体を見た。完膚なきまでに炒められた茶褐色のペースト状の、クミンの香りがするもの。まだ何にもなっていない未熟な物体。

このまま放り出すのは忍びない、という気持ちがふいにわいてきた。町田さんのサポートの下とはいえ、ここまで手を出したのは僕だ。この物体をしかるべき何かにする責任が、僕には生じている。

責任感があって、途中で投げ出さない――それが「以前の僕」に対する評価ではなかったか。

以前の僕に帰りたい。

何も見えない霧の中に進んでいくような心持ちで、パスタソースの瓶を手に取った。答えを探そうと町田さんの表情を見つめても、何も読み取れない。

動いたところで元の場所に戻れる確証なんてない。よけいに離れてしまうかもしれない。だけどさしあたって、今の僕には町田さんしかガイドがいないのだ。

トマトソースなら、カレーと親和性がある。受け入れることのできる選択だ。

心を決めたものの、いざ鍋に向かって瓶をさかさまにすると、頭の芯がぼうっと痺れた。僕が麻痺しているあいだに、瓶の中身がどぼっと、ほぼ全部鍋のなかに落ちて行ってしまった。

ひいっと身がすくみ、「ごめんなさい」と口走る。

だけど、誰かが怒鳴ったり叱責するわけでもなく、ただ鍋から立ち上る匂いのトマト濃度が増しただけだった。少しだけ恐怖が薄れ、続けてケチャップを一押し、入れることができた。これも同類なので大丈夫だ。

続けて野菜ジュースを、半パック。これも、それほど心理的に負担にならなかった。カレーに野菜のピューレを入れることもあるだろう。マーガリンをひとすくい。油脂なら間違いない。

白味噌をスプーンですくってからは、手が止まった。味噌を入れても良い理由を考えるのに、しばらく時間を費やした。いつか見たことのある番組で、和食の料理人がまかないのカレーに隠し味として入れていたことを思い出し、入れることができた。

「これ、全部じゃないですよね」

一瞬、町田さんが何を言っているのかわからなかった。

「家にある食材を一つ残らず全部、って言いましたよね？　まだ家に残っているでしょう？」

詰問調でも何でもない言い方だった。が、僕は警察官に見つかった犯人のような気分になった。

「あ、ありますけど」

心臓が、位置が変わるのじゃないかと思うほど激しく暴れる。

「食材っていうほどのものでもなかったから」

「食べられないものですか？　色えんぴつとかチャッカマンとか」

「いや、食べ物ですけど、わざわざ持ってくるようなものじゃなかったから」

「では、今から取りに行きましょう」

「はい？」

全く頭と心がついていかないまま、いつの間にか僕は家の所在地を聞き出され、町田さんの運転する『町田二号』と書かれたスクーターの後ろにまたがって、町田さんのボリュームのある髪に視界を遮られたまま、バスで登ってきた坂道を下っていた。

通っている大学の近くまで来たときにはパニックを起こしそうになったが、町田さんは大学を迂回する経路を通っていったので学校は目にしなくて済んだ。

為す術もなくスクーターで輸送され、自宅のワンルームマンションに着く。返品された物品になった気分だった。

「おじゃまします」

一応は言ったものの、町田さんは恐縮の色もなくするりと入り込んだ。誰かを招き入れるのは本当に久しぶりだった。ましてや今日初めて会った人間を入れるなんて、本来考えられないことだ。

玄関のすぐ右手に、狭いシンクと一口のＩＨコンロだけのミニキッチンがある。

「拝見させていただきます」

言葉づかいだけはやけに丁寧だったが、町田さんは遠慮会釈なく冷蔵庫を開ける。

隠蔽する隙はどこにもなかった。

ほとんど残っていないコンデンスミルクのチューブ、ふたつだけ残っているコアラのマーチ。うまい棒のめんたい味とコーンポタージュ味。飲みかけの低脂肪牛乳。町田さんは、持参したエコバッグに淡々とそれらを放り込んでいった。

どうしてそれらを残していったのか、自分でも深く考えていなかったけれど今、まざまざと突きつけられた。こんな、子供が食べるようなチープな駄菓子を食している男だと思われたくなかったのだ。そのくせ、ちまちまとカロリーを気にして低脂肪牛乳を選ぶような器の小ささも隠しておきたかったのだ。コンデンスミルクは、子供の頃しばしば、こっそり直接チューブから食べて（飲んで？）いた。見つかってひどく怒られてから、その甘さは後ろめたさと結びつく味になり、やらなくなった。

だけど一人暮らしを始めて以来、密かな楽しみとして再開していたのだった。ストレスがたまったとき、どうしようもなく疲れたとき、冷蔵庫の前でチューブに吸い付く。母親には絶対に見せられない姿だった。

恥ずかしさのあまり自発的に意識を失いたくなったけれど、そんな暇すらなかった。町田さんは次に冷凍室を開け、赤いラベルの雪見だいふくを取り出した。

「溶けちゃいますよ」

僕は取り乱して言った。

「大丈夫です、煮込んだらどっちにしろ溶けますから」

「雪見だいふくまで入れろって言うんですかっ」

叫ばんばかりの声になる。

が、町田さんは相変わらず淡々としていた。

「全部です」

続いて、半年間眠っていた「いきなり団子」を取り出して袋に入れた。熊本のお土産に、東君が別れ際に持たせてくれたものだった。

「これで終わりですね。……あ、ここにもありました」

シンクに出していたいくつもの瓶詰めを、町田さんは手に取る。

「それは駄目です。一番新しいやつでも三ヵ月以上経ってるから食べられませんよ。処分するつもりで出してたんです」

なんとか思い止まらせようとするが、ムダだった。町田さんは瓶の蓋を開けて匂いをかぐと、

「大丈夫そうですよ」

母親の手作りのピクルスを、最後にエコバッグに収めたのだった。

＊

研究室には頑張って通っていた。ある意味、それだけが確かな拠《よ》り所《どころ》だと思っていた。

が、ある日研究室でデータを取っている真っ最中に、ついにそれはやって来てしまった。突然、全く知らない場所に一人で立っていることに気づいたようだった。今いる場所と時間、自分のやっている行為からぷつっと切り離され、動けなくなった。

荒涼とした何もない土地に呆然と立ちすくみ、どこへも行けない。何とか倒れずに持ちこたえたものの、集中を持続させるべき時にその空白は致命的だった。

僕は取り返しのつかないミスをしでかし、数ヵ月かけて進めてきた研究を全て無駄にしてしまったのだった。

謝りに謝ったが、教授や他のプロジェクトメンバーの目をまともに見ることができなかった。僕という存在が、どんどん重量を失い、急速にその場所から分離させられていったような気がした。

研究室に行くことができなくなった。

翌日から、どんなに頑張って向かおうとしても、途中であの荒涼とした道のない場所に立っている感覚が襲い、進めなくなってしまう。

そのまま一週間、一ヵ月、二ヵ月……僕を取り残していくように時間が過ぎ、どうしたらいいのかわからないまま季節だけが変わって行った。再び行くことができるようになるのか見当もつかなかった。休学手続きを取る決心もつかず、保留にするのも限界だとわかっていても、するべきことがわからなかった。

何も知らせていない親からは、仕送りが続いていた。

ほとんど部屋から出ないまま、自己啓発本を読んだり、答えを与えてくれそうなセミナーやセラピーの情報をスマホでサーフィンしているうちに日が暮れる。そんなふうに無為に過ごしているだけでも、生きているだけで一日一日、お金がかかっているのだ。期待してくれている親のお金を無駄に溶かしているのだ。負債の重みに押しつぶされそうになり、生きるのをやめたほうがいいのではないかと、何度となく思った。

＊

「自殺する人ってすごいと思うんです」

スクーターを運転する町田さんの背中に向かって、僕はつぶやいた。

警察署の前を通りかかっていて、自殺防止月間のポスターが目に入ったのだ。

「少なくとも、そんな重大なことを自分自身で決めて実行できるんだから。僕には想像もできないくらい意志の強い人達ですよ。何もできなくなってから、生きててもしょうがないんじゃないかって思ったんです。でも、死ぬことを決めて実行するなんて大きなことは僕にはとても無理でした」

死体の処理や死後の手続きなんかを考えると、他人にも家族にも膨大な迷惑をかけることになる。そこまで考えると余計に身動きが取れなかったのだ。生きていても死んでも迷惑なんてどこまで八方塞がりなんだと愕然とした。

町田さんからは何の返答もなかった。聞こえなかったのだろう。伝えようとしたのではなく、ほとんど独り言だったので構わなかった。

代わりに、ちょうど警察署から道路に出ようとしているパトカーの運転手と目が合った。僕たちが通り過ぎたとたん、

「そこの二人乗りの原付、止まりなさい」

後ろからスピーカーの声が追いかけてきた。

まさかと思ったが、見回しても僕たち以外に該当者はいない。

「これ、原付だったんですか！」

薄々おかしいとは思っていた。だけど町田さんが堂々と二人乗りをしているので、一見原付だけどもカブのような小型バイクなのだろう、と自分を納得させていたのだ。

町田さんはちらりと振り返ると、すばやく左折してしゅっと細い道に入り込んだ。

「止まりなさい！」とがなるスピーカーの声から逃れるように、さらに小さな路地に入り込む。

「法律に違反するなんて駄目ですよ。自首しましょう」

息も絶え絶えに訴えたが、

「緊急でカレーを作る必要がある場合、原付の二人乗りくらいは許容されます」

「そんなルールありませんよ！」

「いつも僕が彼らのルールに合わせているから、たまには彼らが僕のルールに合わせてくれて

もいいはずです」

「意味がわかりません」

輸送されている身ではどうすることもできず、ただひたすらジグザグと原付を走らせる町田さんにしがみついていることしかできなかった。

町田さんはまんまとパトカーをまくことに成功したが、町田さんのアジトに帰り着くまで生きた心地がしなかった。


「お昼にしましょう」

まだ動揺から抜け出せず、ぼんやりとテーブルについていた僕の前に、町田さんが大きな器を置いた。

台所は、出た時とまるで変わらず落ち着いてそこにあった。食材たちや道具たちのかもしだす静かな気配がみちみちて、壁一面の大きな窓から、薄い青空と葉を光らせた木立がおだやかにこちらを覗きこんでいる。

嗅覚が急に役目を思い出したように、鮮烈な香りが体に入り込んできた。理性を狂わせるフエロモンのような、刺激的で複雑で、どうしようもなく惹きつけられる香りだ。

「これは僕が昨日作ったカレーです」

町田さんは自分の前にも同じ器を置き、僕の隣に腰かけた。

挽き肉のカレーはつやつやと輝き、いかにもカリッとしていそうな素揚げしたレンコンと生き生きした緑のクレソン、鮮やかなラズベリー色の断面をした野菜のスライスがあしらわれ、ピンクペッパーが散っている。

なんてにぎやかで華やかで、心躍る世界だろう。

「この器も素敵ですね」

「好きなんですか？　器」

「手工芸品は全般的に好きなんですけど、器は特に」

うっすらと灰色がかったアイボリー。その素焼きの器は、絶妙な曲線を描いていた。厚手だけれど無骨にならず、中性的な包容力を感じる。カラフルで主張の強い料理をやさしく受け止めていた。どこか、この台所空間のミニチュアにも見える。曲線に手を沿わせてそっと持ち上げると、生き物のようにあたたかい手触りと、今いる場所にしっかり留めてくれるような重みに心が落ち着いた。

カレーを一さじ、口に運ぶ。

いっせいにスパイスの存在が立ち上がった。同時に鳴っているのにそれぞれの音がはっきり聞き分けられる、オーケストラの演奏が始まったようだった。手が勝手に動いて止まらず夢中で食べ進む。

玉ねぎやフルーツの甘み、脳をとろかすようなまろやかな油脂にここちよい塩気、気配を感じるくらいのかすかな酸味が全体を引き締めている。挽き肉は粗めでちょうどいい噛み応えがある。スパイスのニュアンスは一口ごとに変わって食べ飽きない。きっと、熱いときにより香りが立つもの、冷めるにしたがって徐々に香りが出てくるもののグラデーションがあるからなのだろうと、スパイスを炒めていた時の町田さんの説明を思い出し分析する。

あっというまに器が空になってしまった。

「ものすごく美味しかったです。刺激的で個性的なのになんかこう、まろやかで優しくて……スパイスの効能が体に染みわたるようで、やけに力がみなぎってきました。今ならどんなに固い瓶の蓋も開けられそうな気がします」

こんなものを作り出せるなんて。これが目指すべき到達点なら、僕には一生かかっても届きそうにない。

口には出さないつぶやきだったのに、

「これは僕のカレーですから。巧己さんは僕のカレーを目指す必要はないんです」

町田さんは勝手に心を読んだ。

「巧己さんには、巧己さんの作るべきカレーがあるんですよ」

言うべき言葉が見つからず、まだカレーを食べている町田さんから目をそらす。

と、正面の壁にかかっている絵が目に入った。黒っぽい色でぬりつぶされたキャンバスの真ん中に、ラフなタッチで大きな鍋が描かれている。

ぽってりとした赤い、蓋つきの両手鍋。

躍動感のある筆致のせいか、ぱっと見ると闇に灯った火のようにも見えた。よくよく見ると画面は真っ黒ではなく、土を思わせるような有機的なニュアンスのある暗色だった。縦横一メートルくらいある大きな絵なのに、今まで意識の外にあったのが不思議だった。逆に、大きいからこそ今の僕の視界には入らなかったのかもしれない。

見れば見るほど、味わいのある絵だった。この鍋で料理をしたら何でも美味しくなりそうだという気がする。

「姉さんなんです」

僕の視線に応えるように、町田さんが言った。

「え？」

「これ、僕の姉さんなんです」

町田さんは、にこにこと絵を指さす。

「そうですか」

僕は神妙に相づちを打った。どこか人外な感じがする町田さんのことだ。鍋が姉でもおかしくないのかもしれない。

「そういえば、南インドで迷子になった話はその後どうなったんですか」

ふと思い出し、訊いてみる。

「泊めてもらった人に友達を紹介してもらって、今度はその人の家の台所を見せてもらって、料理を教わりました」

「台所……を？」

「あ、言い忘れてました。世界の台所を巡って家庭料理を教えてもらう旅をしてたんですよ」

町田さんは、楽しげに言った。

「で、次はまたその人の友達数人、またその友達……という感じでネズミ講式に増えていって。インドの台所から台所へ巡っていろんな料理を教わっているうちに、なんと偶然、最初にたずねるはずだった人に行き当たったんです」

「それは……結果オーライですね」

食器を片付けて、ふたたびコンロの前に立った。

鍋の中を覗きこむ。あれ、と思った。

炒めた玉ねぎとトマトがベースになった、スパイスの匂いのする赤茶色のペースト。まだカレーになるための道を歩き出したばかり、というかカレーになれるのかも定かではないその集合体は、僕らが離れている間にどこか変わったような感じがした。

「……なんだか、落ち着きが出た感じがします」

「え？　落ち着き？」

町田さんが、例の目を見開くリアクションをした。

「そう。例えるなら、入学式から一ヶ月くらい経った中学一年生のクラスみたいな落ち着きです」

「すごく具体的ですね」

いくつかの小学校から寄せ集められ、バラバラに浮ついていた子供たちが、一ヵ月経つと慣れてくる。同じ空間にいることを受け入れ、ひとつの「クラス」としてまとまってくる。その中で、一人一人も変容していく。そんなふうに、鍋に入れた食材たちが落ち着いてまとまりつつある感じがした。

「給食がカレーだと、みんな喜んでましたよね」

ふと口をついたのは、小学校からの連想だった。

えー、俺んち昨日もカレーだったんだけど、と言うクラスメイトの顔はそれでもどこか嬉しそうだった。

僕が嬉しかったのは、彼らとはたぶん違う理由だ。他の家庭と違い、うちではカレーが食卓に上ることはなかったから、カレーは外の世界の刺激を体現しているようでときめいたのだ。母親は、簡単料理の代名詞のような、ルーで作るカレーをどこか見下しているところがあった。かといってスパイスカレーを作ることもなかった。ハーブ類は使っても、南半球的な香辛料は好まなかったと思う。

食卓に並ぶのはいつも栄養学的に配慮され、手が込んで隙がなく整った、一人分ずつセットされたとても寡黙な料理だった。

大人になってから、各家庭でカレーに入れるものが千差万別だということを知った。サバや漬物や生クリームや、餡子《あんこ》を入れる家もあると聞いて仰天した。そういえば、東君のご家庭にお邪魔した時は、ゴボウや里芋が入った、けんちん汁のようなカレーが出た。

カレーはその家の「何でもあり」を象徴しているのかもしれない。

コンロの火をつける。

大人しかった生徒たちが騒ぎのタネを見つけて活性化したように、トマトとスパイスの混じった匂いが熱気を帯びてあふれだしてきて、鍋のふちがぷつぷつと泡立ってきた。

ミックススパイスをそっと、ひとつまみ入れてみる。ほんの少しのことなのに、クラスの雰囲気がまたがらっと変わる。知らずに笑みがこぼれていた。

最初に比べれば僕は、ずいぶんおだやかな気持ちになっていた。

町田さんの絶品カレーを食べて胃袋が満たされたせいか。はたまた、法律違反の共犯になったせいでタガが外れたのか。

ほんの少しずつ、おそるおそる、心細げな食品たちを鍋の中に入れていく。

鰹節、スパイス。スパゲッティ、スパイス。

ミックススパイスが、清めの塩のように禊《みそ》ぎの役割を果たした。他の食材も順ぐりに入れていく。何かを投入した後でスパイスを入れることで、どうにか不安を払拭することができた。

かたつむりの歩みで、少しずつ、少しずつ進んでいく。何だかわからないけれど、何かになるための変化の道を。

突然、台所が明るくなった。

町田さんが灯りをつけたのだ。そこでやっと、外が暗くなってきていることに気づいた。町田さんは外から戻ってきたところらしく、溢れんばかりの緑が盛られた大きなボウルを抱えていた。ずっと庭にいたことは知っていたが、ほとんど意識の外にあったのだ。

「夜ごはんは、間引き菜のサラダにしましょう」

町田さんはシンクで盛大に水を流し、とりどりの緑を洗う。あまりに自然な流れのようにふるまうのでそのまま受け流すところだったが、

「夜ごはん?」

僕は聞き返す。

「あの、僕はいつまでここにいれば……」

「カレーができるまでです。食材は全部入れましたか?」

「入れました。……最初に持ってきたものは」

家まで取りに帰った第二弾の食材たちは、全部作業台の上に置いたままだった。雪見だいふくは冷凍庫だ。

さすがに、こんなものたちをカレーに入れるなんて考えられない。町田さんだって、本気で言っているのではないはずだ。

「もういいじゃないですか。料理は、ちゃんとした人が作成したレシピ通りにやらないと失敗するんじゃないでしょうか。自分勝手なことをするべきじゃないですよ」

しばらく、澄んだ流水の音がシンクから響いていた。町田さんはボウルの中の葉っぱたちをザルに上げる。と、おもむろに僕の方に近づいてきた。

一瞬の出来事だった。

作業台からいきなり団子をひょいと取り上げた町田さんは、封を切ったいきなり団子をいき

なり鍋の中に落とした。

僕が腹の底から上げた悲鳴が、高い天井にひびきわたった。

＊

「さつまいもが入ったお団子なんだよ。いきなり来客がきてもすぐ作れるから『いきなり団子』っていうらしいよ」

そう教えてくれた東君とは、熊本空港で別れたきりだった。

帰ってからお礼のラインを送って、ご家族にも何かお礼の品を送るつもりだった。が、練りに練った文面と考え抜いた品を選ぼうと思うと、どちらも進まなかった。プレッシャーと焦りだけが募ったまま数日が経ったころ、大学時代のグループラインで近況報告のようなトークのやりとりが盛り上がっていた。

最近熊本に帰省したことを告げる東君に、青木《あおき》という友人が反応した。

『前にニュースで見たけど、熊本城の修復の早さってすごいよな。街のシンボル的なものが元通りになるのは希望になるって、昔被災したことある両親が言ってた』

僕もここで何か発言しなくては。とっさにそう思い、それまでの逡巡をかなぐり捨ててトークを送信した。

『熊本はすごく活気があって、震災に負けない人達の強さを感じて元気をもらったよ。東君ありがとう』

そわそわしながら待った。着信音と同時にトーク画面を開き、東君からの返信を確認した。

『そうそう、ほんとそう。熊本城が元通りになってきたことで俺もすごく安心して、市民の心の支えなんだって実感したよ。気持ちをわかってもらえて嬉しい笑』

ものすごいショックを受けた。

僕の送った内容は無視して、青木の言葉にだけ返していたことに。

帰ってすぐお礼をしなかったのがいけなかったのだろうか。個別ラインで送れよと思われたのだろうか。被災者の気持ちに寄り添っていなかったのがだめだったのだろうか。安全地帯から「元気をもらった」なんて、いい気なものだと思われたのだろうか。

失敗した。いつも僕だけが間違える。不正解な言葉を送ってしまった。きっと東君を傷つけたか、不快にさせたか、呆れさせた。何にせよ、引かれた。今すぐ削除したい。だけどもう既読になってしまった。取り返しがつかない。みんな、こんな奴相手にできないと思っている。じきに何を送っても全員に無視されるようになる。目の前が真っ暗になった。

自分のショックの程度が適正なのかわからなかった。このことにここまでショックを受けるのが、正解なのか不正解なのか、おかしいのかおかしくないのかわからなかった。

それ以上間違いを重ねるのが怖くて、それからは東君に連絡できなくなった。東君からも連絡は来なかった。

＊

「いくらなんでもやりすぎです。取り返しのつかないことになります。一度入れてしまったものは戻せないんです。時間は戻らないんです」

いきなり団子を飲み込んだ鍋と町田さんを前にして、僕は膝から崩れ落ちた。

東君にも愛想を尽かされ、研究室にも行けず、僕の居場所はどこにもなくなった。

「取り返しのつかない失敗をしてしまったんです。もうおわりです。僕もカレーもおしまいです」

何を言っているのかわからない。自分の言葉の混沌に飲み込まれて、溺れそうになる。

「大丈夫大丈夫、巧己さんのカレーを信じてください」

町田さんが、信じがたいほど軽薄に言った。

「見ず知らずのカレーをそこまで信じられるわけないじゃないですかっ」

「大丈夫、カレーは宇宙だと言っても過言じゃないですから」

「過言ですよ」

僕はほとんど泣きながら訴える。

「もうすべてが台無しです。大失敗です」

「カレーに失敗ってないんですよ」

「え?・」

予期せぬ言葉に虚を突かれた。

「何をどれだけ入れようが、最後にはまとまるんです。失敗という概念はカレーの前では無効なんです」

鍋がくつくつと音を立てている。涙をぬぐって鍋を覗きこみ、気づいた。

立ち上る匂いは、いきなり団子を入れる前と全然変わっていない。

「失敗が……ない？」

そんなことって、あるのだろうか。

一秒の十分の一、１グラムの千分の一が成否を分ける世界で延々と日々を過ごしていた身からすると、にわかには信じがたかった。が、目の前の鍋の中には確かに、０・０００１グラムどころか１５０グラムのいきなり団子でも揺るがない世界があった。

スパイスの匂いがする、頼もしい混沌が。

僕は猛然といきなり団子をもう一つ取り出すと鍋に落とした。重い石が動いたように体が軽くなり、勢いがついた。もはや、やけくそだった。冷凍庫を開け、雪見だいふくを取り出した。赤い蓋を剝がすと、真っ白なそれをひとつ、続けて鍋の中に落とした。もうひとつはデザートとしてそのまま食べた。

低脂肪牛乳、コアラのマーチとうまい棒を、立て続けに投入する。

コンデンスミルクのチューブを手に取ると、ラベルの雌牛と目が合った。優しげに糾弾するような目つきに、ぎゅっと心臓が押しつぶされるように苦しくなる。

誰かの怒る声の幻聴が聞こえてきそうになった。心を空っぽにするようにきつく目を閉じ、震える手になんとか力を込め、鍋の上にかざしたチューブを握りしめる。

「あとは、これだけですね」

目を開けると、町田さんの姿が視界の隅にあった。町田さんの視線の先には、ピクルスの瓶が六つ並んでいた。

母親が毎月送ってくる荷物の中に必ず入っていた。

「迷子」になってしまってから、なぜか蓋を開けることすらできなくなったのだ。

「どうして食べずに置いてあったんですか」

「……昔から、すっぱいものは好きじゃなかったんです」

梅干しや酢の物、酸味の強い果物などのすっぱいものと、青魚がだめだった。だけど母親は、「酢に含まれるクエン酸が疲労回復に役立つし、アミノ酸が豊富で脳には必要なの。青魚のＤＨＡも頭の回転を良くするのよ」と、あの手この手で食べさせようとした。

大学で一人暮らしを始めてからは、母親は「野菜不足も補えるし、毎日食べてね」と日持ちのするピクルスを手作りして送ってくるようになったのだ。

「レモンなんかも、香りは好きなんです。でも酸味がやっぱりだめで。飲み会で、大皿の唐揚げに勝手にレモンを搾る人間に憎しみを感じるくらいです」

言いながら気づく。冷蔵庫を開けるたびに、たまっていくピクルスの瓶を見ることがどれほど重圧だったかということに。

「嫌いで食べないなら、捨てるしかないのでは？」

簡単に言う町田さんに、むっとした。

「捨てられないですよ。母親が作って送ってくれたものを捨てるなんて、非人道的じゃないですか」

「だけど結局、食べないんですよね」

「しょうがないじゃないですか。頑張って食べてきたけど、嫌いなんです。どうしようもないじゃないですか。町田さんはどうなんです。お母さんが自分のことを一生懸命考えて、自分のために作って、わざわざ送ってくれたものを捨てられるんですか」

「僕なら、嫌いだから送らないでねって言います」

「………」

正論だ。正論すぎてぐうの音も出なかった。

ぼんやりと瓶の一つを持ちあげる。「嫌いだ」と言われたせいだろうか。ここ数ヵ月の間放っていた重圧感は消え、他の食材と同じく、知らない場所で心許ない様子をしたただの瓶詰めになっていた。

蓋を開ける。甘ったるい酢の匂いが広がった。

やっぱり嫌いだ、と思った。申し訳ないけど嫌いだ。砂糖を入れて甘くしてごまかそうが、嫌いなものは嫌いなのだ。

「自分で入れられそうですか？」

「……でも、こんなにたくさん入れるのはさすがに」

「全部入れる必要はないですよ。ほんのひとかけらでも、巧己さんが良いと思う量で」

「でも、残りはどうすればいいんですか」

「うーん、僕が引き取って食べてもいいんですが、この酸味は僕にも今は必要なさそうです。コンポストに入れましょう」

「生ゴミとして捨てちゃうってことですか」

母親の顔が浮かび、心が激しく痛んだ。

いつも真っ先に僕のことを考え、労を惜しまない母親の愛情を生ゴミにするなんて……。

「捨てるんじゃないです。肥料になって、畑の栄養になるんです。だから土にとっても畑の生き物たちにとってもためになるし、育った野菜を僕が食べれば僕も嬉しい。もしまた巧己さんがうちに来てその野菜を食べれば、結局巧己さんの栄養にもなりますよ。同じ事です」

町田さんの理屈に完全に納得したわけではない。でも少なくとも、気が楽にはなった。

菜箸を出してもらい、瓶の中からにんじんと、玉ねぎを一片ずつ取り出した。包丁で刻み、息を止めて鍋に投入した。

しばらく見守っていると、

「あれ。何だか変なことになってます」

僕は不安になり町田さんを呼び寄せた。

「ほら、ここのあたりがなんだかモロモロしてきてる」

鍋の中を覗きこんだ町田さんはしばらく考え、

「ああ。さっきコンデンスミルクを入れたせいですね。カリフォルニア風煮込みの要領です」

「カリフォルニア?」

「アメリカじゃないですよ。イタリアのトスカーナ地方にカリフォルニアっていう町があって、そこの名物なんです。牛肉を乳製品で煮込むんですが、途中で酢を入れてわざと分離させるんですよ。でも、三時間くらい煮込んでるうちにひとつにまとまってくるんです」

「なんだか、わざと争いの種を投入して仲違いさせた二人を、長時間一緒にして再び仲直りさせるみたいな感じですね……そのやり方って何か意味あるんですか」

「さあ。知りません」

町田さんは急に投げやりになった。食器棚から大皿を二枚取り出すと、せわしなくサラダを盛り付ける。

「遅くなっちゃいましたね。晩ご飯です」

どうやら、相当お腹が空いていたらしかった。


夕食は、春の山のようなサラダだった。

レタス、ラディッシュ、サラダほうれん草、水菜、菜の花、スナップエンドウ。町田さんが小さな畑から収穫してきた野菜たちに、とろとろの玉ねぎが載っていた。カレーに使った玉ねぎの残りを、町田さんがアルミホイルに包んでたき火でローストしたものだった。水気たっぷりに甘くて、透明感のあるクリームのようだった。とりどりの緑に、明るい色がふわりとちりばめられた、「山笑う」と表現されるような春の山のサラダ。

サラダを盛り付けた大きなプレートには、町田さん手作りの皮が香ばしいパンと、自家製のイノシシのベーコンが添えてあった。

パンは何もつける必要がないくらい味わいが深く、キツネ色のカリッとした皮の下からふわりとミルキーな小麦の香りが舞い上がった。ベーコンは力強い燻製香に負けないくらい、イノシシ肉のうまみが弾けていた。「躍り食い」という言葉が浮かぶほど生きている感じのする野菜たちは、パンとベーコンよりさらに大きな印象を残した。

夕食のあと、自転車の二人乗りで銭湯に行った。ほぼ丸ごと台所であるこの建物には、お風呂がなかったのだ。

自転車で十分ほどの場所で、唐破風《からはふ》に銭湯名を彫り込んだ鬼瓦のある、古めかしい外観の銭湯だった。フロントには大正末期の料金表や古時計が飾られていて、洗面台にしきつめられたマジョリカタイルもとてもレトロだった。

浴場は、いくつもの浴槽が点在しているスタイルだった。浴槽のお湯は、内側に水色のタイルが貼られているせいで湖のようにきれいに見えた。

洗い場で隣に座っていたおじさんに、洗い方を注意された。普段ならパニックになりかけるところだ。だけど僕は不思議と落ち着いたまま、排水溝に流れていく泡を見つめていた。おじさんの汚れを落とした泡も僕の頭を洗った泡も、まざって一緒になって、年季の入った排水溝のプレートに吸い込まれていった。

銭湯からの帰り道は、体がよくあたたまっていたからなのか、世界がとても良いところに見えた。

「お風呂から家に帰るって、いいものですね」

自転車をこぐ町田さんにしがみつきながら、僕は言った。

淡い藍色に染まった春の夜の街が、ゆるやかに後ろへ流れていく。銭湯に行くという行為がこんなに満ち足りたものだなんて、初めて知った。風呂なしの家なんて不便なだけだと思っていたのに。

「僕にとってはお風呂に入りに行くのが社会との接点なんです」

「そんな発想、僕の人生にはありませんでした」

町田さんの生態に、思わず笑いを誘われる。たしかに、銭湯での町田さんはパーティにでも参加しているように人から人へ渡り歩き談笑していた。

自分がずいぶんリラックスしていることに気づく。たぶん、東君といるときと同じくらいに。

僕という箱にぎゅっと窮屈に収まっていた中身が、箱から解き放たれて拡散していく。町田さんといると、そんな気にさせられるのだった。

診療所に帰ったあと、町田さんはどこからか折りたたみベッドをふたつ出してくると台所の窓際に広げ、そのうちのひとつにもぐりこむと寝入ってしまった。

僕はひとりでカレーの続きにとりかかった。

コンロ上のちいさな灯りと、鍋をあたためるとろ火だけが光源だった。鍋底から漏れ出るうっすらと青い炎の気配は静かだ。僕は薄暗がりのなかで一緒に進んでいく仲間のような気持ちで、鍋の中身をかきまぜていた。

何かを煮込んでいる気配は、その場所に流れる時間を豊かにする。

煮込む、っていい日本語だと思った。静かに待つこと。具材がやわらかくなって、溶け合っていくプロセスの豊穣さ。台所を満たすいい匂い、そんなすべてが含まれている気がする。これが英語だと茹でるも炊くも煮るも煮込むも全部cookで済まされてしまう。無味乾燥極まりない。

シンクの脇の水切りには、洗い終わったふたつの大皿が並んでまだ水滴をつけていた。

体がまだ、あたたかい。

町田さんは、死んでいるのかと思うほど身動きもせずに熟睡している。あと十分くらいしたら火を消して、体が冷えないうちに僕も眠ろうと思った。

眠ることも、その間に明日が来ることも怖くなかった。不思議だ。こんなわけのわからない場所で、わけのわからない状況で素性の明らかでない他人といるというのに。

——ほら。ママの言うことを聞かなかったからそんなことになったのよ。

夢の中で僕は、母親に怒られていた。

母親は水族館の魚のように、大きな水槽の中にいた。水は音を伝達しにくいはずなのに、母親の声はくっきり聞こえる。僕はその不可解さに恐怖をおぼえ、もやもやと絡みつく藻のような、びりびりと皮膚を刺すクラゲの触手のような母親の声と言葉に呼吸が苦しくなり、溺れているような状態だった。あべこべだ。水中にいるのは母親で、僕は空気の中にいるはずなのに。

——そっちじゃないって言ってるでしょ。安全な道はあっち。言うとおりにしないと取り返しのつかないことになるよ。

息が苦しくて、意識が飛んでいきそうだ。脱出したいのに、水圧で体が動かない。水圧? なんでだ? 空気の中にいるのに? おかしいじゃないか。おかしい。変だよ。こんなのありえない。大声を出したいのに、やっぱり僕の方が水中にいるかのように声が出てこない。

——あっちに行きなさい。あっちが正しい道なの。ほら、見てごらん。

母親が、僕の後ろを指さす。と同時に、その指から潮の流れのような力がこちらに向けて押し寄せてくる。手足を振り回しても抗えず、体が流される。

後ろを振り返ると、大きなサメがぱっくりと口を開けている。その口の中は、おそろしいほど真っ黒な虚無だった。

ものすごい叫び声で飛び起きた。

自分を取り巻く暗闇に、まだ夢の続きかとパニックを起こしそうになる。が、目が慣れてくるにつれて、ベッドの右側にあるカーテンの向こう側がうっすら明るくなってきていることに気づいた。

心臓が、重量をはっきり感じるほどうるさく鳴っている。さっき耳にした叫び声が自分のものだと思い至るまで、しばらく時間がかかった。

隣を見ると、僕の叫び声で目を覚ましたらしい町田さんがベッドの上で半身を起こしていた。

「早起きですね」

他に言うことはないのかと思った。けれどその平らな態度に僕はいくらか落ち着きを取り戻す。外側から夜気にじわじわと冷やされたように、台所の中の空気はうっすらとつめたかった。

「……今何時ですか」

言ったそばから、壁に時計がかかっているのに気づいた。

「五時二十五分です。いいですねえ、五時二十五分って好きです」

町田さんはよくわからないことを言いながらカーテンを開け、薄手の赤いフリースを着込んだ。

「せっかく起きたので、朝ごはん前の早朝練習にしましょう」

カレー作りのことを言っているらしい。二人とも、芋虫のようにもそもそとベッドから這い出す。

町田さんに借りていたパジャマから着替えてコンロの前に立っても、僕は動く気が起こらなかった。重たい。体も心もまだ、水の底にいるようで動き出せない。

これを終わらせないと帰れないのだ。ただやみくもに歩き出すように、仕方なくコンロに火をつけカレー作りを再開した。

温まりだしたカレーの匂いを嗅いで、味見をする。

何をしたらいいのかわからないけど、まだ完成していないことだけはわかった。何の見通しも戦略もなかった。町田さんに対してやっていることを示すためだけに、鍋の中をかきまぜぽつぽつと食材を投入していく。惰性以外の何ものでもなかった。

時間が経っていく。どんどん外が明るさを増していく。なのに僕のいる位置は変わらない。苛立《いらだ》ちと焦りが、海底の砂のように降り積もっていく。危ない。ひたひたとパニックが迫ってくる。ほんの少しの刺激で爆発してしまう。

ギリギリのところで持ちこたえていた。なのに、町田さんはあっさりと僕を刺激した。

「巧己さん、できましたか?」

もうだめだ。潮の流れに逆らうのをやめるように、僕は平静を手放した。

「できるわけないじゃないですか!」

玉じゃくしをシンクに叩きつけ、泣き叫ぶ。

「僕にはわからないんです。判断できません」

いくら足掻《あが》いても正解がどこにあるのかわからない。いくら走っても追いつけない。一生、正解の残像にすら触れることができない。

「わからないってことは、まだってことです。それだけです。ひとつにまとまった、カレーになったってわかる瞬間が必ず来るんですよ。巧己さんがやることは、その瞬間に気づいてそこでやめることだけなんです」

町田さんは、水切りの下にある引き出しを開けて新しい玉じゃくしを取り出し、僕に差し出す。

「まあ、焦らずに。しょうゆでも入れてみましょう」

僕はぐつぐつと泣きながら手をのばす。いや、ぐつぐつしているのは鍋だ。依然として混沌としている。さっきの夢のなかで体をとらえたおそろしさが迫ってくる。

「ではここで巧己さんにクイズです」

おもむろに町田さんが口を開いた。泣いている人間にクイズを出すなんてどういう神経かと、一瞬町田さんの良識を疑った。

「唐辛子、トマト、じゃがいもがインドに伝わったのはいつでしょうーかっ」

わざとらしい司会者のように町田さんが言い、僕はほとんど習慣的に答えを考え出した。問題を出されて解かないわけにはいかない。

どれも、カレーには必須の食材に思える。受験勉強で使った世界史の記憶を呼びさましてみてもインドはほぼ空白で、手持ちの知識はなかったけれど、きっとかなり前だろう考え、

「……八世紀ごろですか」

あてずっぽうに答えた。

「ぶぶー。ふふ、けっこう前だと思いました？　ですよね、どれもインド料理には不可欠だと我々は考えがちですよね」

町田さんは腹立たしいほど嬉しそうに言う。

「どれも、一六世紀にポルトガル人が南米から持ち込んだものです」

「そんなに最近なんですか？」

思わずそう口に出して、五〇〇年近く前を「最近」と言う自分を奇妙に感じる。直後に、そうだじゃがいもは南米原産で、大航海時代以降にヨーロッパに持ち込まれたのだったと世界史の知識がよみがえり、それを思い出してさえいれば正解に近づいたのにと、強い後悔に襲われた。

「カレーって、いろんな支配の歴史がぜんぶ溶けこんでるんですよ。乳製品とか、それまでなかった果物、いろんなスパイスを組み合わせる文化を持ち込んだのは中世から北インドを支配してたイスラム勢力でしょう」

町田さんが、蕩々と話し出す。僕は思い出したように手の甲で涙をぬぐい、玉じゃくしを持って突っ立ったまま町田さんを見つめる。

「イスラムの美食文化が、質素で単純だったヒンドゥーの料理を変えたんですよ。唐辛子やトマトは、ゴア州を統治してたポルトガルが持ち込んだでしょう。そもそもカレーなんて言葉もなくて、スパイスを使った汁気のある料理をぜんぶ雑にまとめてカレーっていう総称をつけたのも宗主国だったイギリスでしょう。人間の世界でどんな勢力争いが起きてぐちゃぐちゃしても、カレーはそこからいいものを吸収して自分で勝手にどんどん変化して美味しくなっていった。インド人やイギリス人といっしょに世界各国に散らばって、そこの土地の食材や文化を吸収してまた無限に変化していくし、なんかもう、料理の域をこえた存在じゃないですか？　だから正解なんてないんです。作る人それぞれの正解があるだけ」

町田さんは途中から鍋をかきまぜだしたので、最後の方は鍋の中身に向かって話しかけているように見えた。

鍋の中から聞こえるふつふつとした音に、かすかにか細い泣き声がまじり出す。抑えようとしているのにどうしても喉から漏れるような、心臓を絞られるような子供の泣き声。

不意に、鍋からたちのぼる湯気がもやもやと形を成し、小さな子供の姿が現われた。泣いている、六歳のころの僕だった。

＊

私立の小学校を受験した直後だった。

母親が選んだ小学校で、母親の言動から僕は、そこに受かることが正しい人生のスタートなのだと認識していた。

母親の期待は、言葉や、まなざしや、日々の料理、僕のためにやってくれるすべてを通じて毎日たっぷりと注がれた。おそらく、六歳の僕の器の容量からあふれだすくらいたっぷりと。それでも器である僕は、注がれたものを受け止めるしか選択肢がなかった。

ずいぶん緊張したけれど、ペーパーテストはそれなりにこなした。

だけど面接で失敗した。こまかいことは覚えていない。けれど、面接している先生と母親の表情で、自分が何か取り返しのつかない間違った発言をしてしまった、と感じたことだけは記憶している。母親が軌道修正をするように僕に話しかけてくるけれど、焦って話せば話すほど、そこからずれていくのがわかった。

たくちゃんなら受かる。たくちゃんなら将来、お医者さんにもなれる。母親がそう言うから、無邪気にそうなのだと思っていた。だけど僕の取り返しのつかない失敗で、あるべきものがそうではなくなっていく。完成されていた世界がどんどん歪んでいく。足元がどんどん崩れ落ちていき、足場のない虚空に放り出されるようなおそろしさ。

「どうしてママが言ったとおりにしなかったの」

不合格を知ったとき、母親は泣いていた。絶望したようなその泣き声を聞きながら、六歳の僕は人生が終わったと思った。

＊

どこからか、サイレンのような音が聞こえてきた。

母親の泣き声はサイレンにかき消されてだんだん弱くなっていき、やがて聞こえなくなった。

時計を見ると七時だった。さっきの音は時報だったらしい。ようやく馴染みのある時間帯になったことにすこしほっとする。

そのうちに、うちのめされた六歳の僕も湯気のなかに溶けて消え、「人生が終わった」あの感覚の気配だけが、未消化の食材のようにうっすらと鍋のなかに残った。

溶けろ。溶けろ。僕はふつふつとしているカレーをがむしゃらにかきまぜた。小船のオールをこぐような気分でもあった。三十分。一時間。どれほどそうしていただろう。

そろそろ、また味見してみたら。

自分自身にそう言われた気がして、手を止めた。小皿にカレーを少し入れ、何十回目かの味見をする。

「……あれ?」

さっきまでとは確実に何かが違った。

あと一押しで完成する、そのことがなぜかはっきりとわかったのだ。あと一押しとは、何だろう。必要なものは何なんだろう。

全神経を集中させるように、目を閉じて味を確認する。

何か、もう少しの……甘み。どんな甘みだろう。作業台の上にあるものを見渡す。ブルーベリージャム? 違う。もっとこってりした、コクのある甘みだ。それから、その甘みを受け止める力強い香り。スパイスのどれかだ。ミックスされたものではなく、単体のどれか。

再びコンデンスミルクの蓋を開け、軽く力を入れて五センチほど絞り出すと鍋に落とした。

それから、並んだスパイスの瓶の中からクミンを取り出す。

なぜか迷いはなかった。ほんの少しだけのクミンを鍋に落としてかきまぜる。

ふたたび味見をする。

その瞬間、すべてのピントが合った。

その感覚は舌を通じて、身体のすみずみに行きわたっていく。深いところからの確信が湧き起こってくる。ぐにゃぐにゃしていた背筋が伸びていくような、迷いのなさ。

本当に「それ」はやって来たのだ。

「カレーです!」

僕は叫んだ。

窓辺に駆けていき、庭にいた町田さんに夢中で知らせる。

「カレーです。カレーになりました。これはカレーです。できました!」

畑で苗を植えていたらしい。土に向かってしゃがみ込んでいた町田さんは、勢いよく立ち上がると「やったー」と飛び跳ねた。

こちらに向かって駆けてきて、勢いよくガラス戸を開けて台所の中に入ってくる。

逃げる暇はなかった。町田さんはゴールを決めた選手に群がるチームメイトのように僕に飛びつく。サッカー選手のように鍛錬していない僕は簡単によろめき、壁に背中を打ち付けた。

二人でテーブルにつき、朝食にカレーを食べた。

入れた食材すべては、長時間煮込むうちに溶けて形をなくしていて、でも消えたわけではなくカレーの一部を成している、そのことが不思議だった。何もかも、ひとつにまとまっていた。

あんなにいろんなものを入れたのに、すごく複雑で奥行きのある味わいかというとそうでもなく、意外とシンプルな味だった。不思議なものだ。だけど僕は、僕のカレーに心から満たされていた。

僕の、短くも長くもない二十三年間に起こったこと、楽しかったことも落ち込んだことも終わりだと思った瞬間も、もしかして僕自身が覚えていないことも。何もかもこの中に溶け込んで、渾然一体《こんぜんいったい》とカレーになっていた。

辿り着いた。辿り着いたのだ。遠かった。長かった。辛かった。たくさん躓《つまず》いた。だけど僕は今、ここにいる。

今ここで、僕自身が作ったカレーを食べている。


行きに抱えてきた食材の代わりに、カレーの残りを詰めた容器が入った紙袋を下げ、僕は診療所を後にした。

町田さんは、門のところまで一緒についてきてくれた。

昨日、あんなに不安で怯《おび》えていたのが別世界のことのように、風景のすべてのピントが合っているように感じられた。木々や風、地面に転がっているスコップに至るまで、みんながカレーになったあの瞬間の確信を共有してくれている、そんな感じがした。

「お世話になりました」

町田さんに向かって頭を下げると、急に鼻の奥がつんとして涙が出そうになり、焦った。悟られないよう伏し目になり、

「こんなに長い間、ひとつの料理に向き合ったのは初めてでした」

ぼそぼそと言う。細い視界をモンシロチョウがふわふわと横切った。

「巧己さんは料理が好きですか?」

町田さんに問われて、にわかに思い出す。

一人暮らしを始めたばかりのころ。自分が食べるものを自分で、自分の好きなように作れると気づいたときの、途方もない財宝を前にしたような気持ちを。

実家では台所に立たせてもらうことはほぼなかったので、最初は料理の基本的なことすらわからなかった。でも、むしろ何も知らないからこそ、「一口大ってどれくらいだろう」「もう火が通ったのかな、どうなのかな」と自分で考えながら料理ができることが、とても自由に感じられた。

レシピをじっくり読み込んで手順を追い、美味しいものができたときの喜び。思うような味でなかったとき、敗因を分析し検証することも楽しかった。サークルの仲間と飲み会をするた

びにオリジナルレシピを教えてもらい、人のアイデアに感銘を受けたりした。

特に東君の発想には感心させられることが多かった。レシピがないと何も作れない僕と違って、自分の勘を頼りに大胆にやっていく東君の料理の仕方に憧れた。

「好きになり直すと思います」

僕の妙な日本語に、町田さんはうんうんとうなずく。

「持ってきてくれた食材たちを見たときから大丈夫だってわかってました。あれは、ちゃんと生きていく人のラインナップです」

僕は紙袋をしっかり胸に抱えると、さよならを告げて歩き出した。振り返りはしなかったけれど、町田さんがずっと門の前に立って見送ってくれているのが背中に感じられた。


東君は、コール音三回で電話に出た。

出てもらえない覚悟すらしていたので、かけた僕の方がうろたえてしまった。

「たくちゃん、久しぶり。どうしたの?」

何の含みもない声。恐れでこわばっていた心がみるみるゆるんでいく。

「……今さらなんだけど、謝りたくて」

「謝る? 何を?」

「去年の九月に熊本に連れてってもらった時、東君にもご家族にも色々迷惑かけちゃったのに何のお礼もしてなかった。何言っても言い訳になるからやめとくけど、とにかく失礼だったことを謝りたいとずっと思ってたんだ。まともにお礼もしないまま、その後ラインでも無神経な発言しちゃったし……。熊本地震があったこと、正直言って忘れてたんだ。それなのに、暢気に旅行で楽しむだけ楽しんで、『元気をもらった』なんてほんと考えなしだったと思う。腹立ったよね。ほんとにごめん」

一気に喋《しゃべ》った。沈黙が訪れる。

東君は、考え込むような声を出してしばらく黙り込んだ。きっと僕を許すかどうかを逡巡《しゅんじゅん》しているのだろうと思った。

「……ごめん、たくちゃん」

「はい」

何を言われてもいい覚悟で、耳をすませる。

「たくちゃんがなんで謝ってるのか、ぜんぜんわからない。思い出して考えてみたけど、謝るようなことなんかひとつもなかったよ。あんなふうにたくちゃんが目の前で倒れたのに、ちょっと色々バタバタしてて、帰ったあとで連絡のひとつもしなくて僕の方こそ悪かったなって思ってたし、家族も気にしてたよ。ラインもごめん、僕はあんまり逐一全部見て返す方じゃないから、そんなメッセージあったかな？　ってことすら思い出せない」

みるみる体の力が抜けていく。なんだ。こんなにすぐ解決することを、どうして半年も重く抱えていたんだろう。

僕はすっかり舌がなめらかになり、それからしばらく東君の近況を聞いたり、世間のニュースについて力の抜けた会話を交わした。

「たくちゃん、だいぶ神経過敏になってたんだよ。ずっと追い詰められてる感じがしてたもん。研究室が合ってないんじゃないかなって、正直心配してたんだ。言い出せなかったけどさ」

「実は大学院、やめたんだ」

「え、いつ?」

「今日退学届を出してきた。今、その帰り道なんだ」

平日の昼下がりの道は、静かだった。川沿いを歩いているのは僕のほかに、犬の散歩をしているおじいちゃんだけだ。

「すごいね。辞めたてほやほやだ」

東君は笑った。きっと大いに驚かれ、もったいないと責められるだろうと思っていたのに、すごく軽い反応だった。

「たくちゃんのことだから、きっとすごく考えた末の決断だったんだろうね。これからどうするの?」

「それが決めてないんだ」

「かっこいいね」

またしても予想外の反応だった。呆れられるかと思ったら褒められた。

「今までのたくちゃんだったら、先を決めずに行動なんてできなかったよね。石橋を叩きすぎるタイプというか」

「たぶんこれからどんどん、決める修業をしてくんだと思う。これまで進んで来たのは自分の決めた道じゃなかったんだ。親の期待に応えようとしてたんだ」

幼児向け算数の教材で満点を取り、母親がものすごく喜んでくれた。最初はたぶん、そんなことだったのだろうと思う。私立の小学校を受験すること。進学塾に行くこと。高校の理系コースを受験すること。母親が持ってきた選択肢を受け入れるとやっぱり、喜んでくれた。

医学部に落ちたときは、「たくちゃんはきっと研究職の方が向いてるのよ」と言ってくれた。就活が難航して落ち込んでいたときは、「企業で勤めるより、大学院で研究を続ける方が将来的なリターンが大きいんじゃない？　たくちゃんならノーベル賞だって獲れるわよ」と言ってくれた。もしかして、ただ軽い気持ちで言っただけの言葉だったのかもしれない。だけどいつのまにか、それしか道がないと思い込んでしまっていた。

全部、母親の意向を汲んで選んだ道だった。迷子になるに至った今までの道、すべてが。気づいた時は衝撃だったけれど、きっと僕の体はもっと早く気づいていたのだ。

「熊本で倒れて良かったと思う。あの時倒れてなかったら、もっと長いこと気づけなかった」

僕の中で起きた地震。考えてみれば地震は、プレートのゆがみを直そうとして地層が起こす調整なのだ。

僕の言葉に東君は、あー、とわかったようなわからないような声を出した。

「今はどの道を行くのか全然決まってない……というより道があるのかすらわからないんだけど、何でだかあんまり不安がないんだ」

それから、いろいろと他愛もない話をしたあと、近々一緒にごはんを食べようという約束をして電話を切った。

携帯電話をしまい、ふと視線を上げる。桜の花が満開になっていた。

町田さんの診療所を訪れた日はまだつぼみだったのに。展開の早さにびっくりする。あれはたった三日前のことなのだ。

東君の実家跡の住宅街にも桜並木があったなと、ふと思い出す。今頃はきっとあそこも綺麗だろう。

また熊本に行ってみよう。

そう思ってからはっと気づく。決めさえすればすぐに行けるのだ。たぶん、明日にでも。いや、もしかして今からでも。

僕はふたたび携帯電話を手にすると、ゆっくりと実家の番号を呼び出した。大学院を辞めたこと、下宿を今月で引き払うつもりであることを母親に伝える。僕にできるのだろうか。心臓が締め付けられる。呼吸が苦しくなって、大きく息を吸った。

――僕の母ですか？　日系キューバ人とスリランカ人のハーフで、父はイタリアとハワイアンと韓国と日本の血が混じってます。まあだから、僕もカレーみたいなものです。

一緒にカレーを食べながら話していた町田さんの顔が浮かんだ。長く短い時間を過ごしたあの台所も。

——大丈夫、最後にはちゃんとカレーになる。

目を閉じて自分に言い聞かせる。

鍋に食材を投入するように、僕はえいっと通話ボタンを押した。

第二話　完璧なパフェ

「早く着替えなさいって言ってるでしょ！」

何度目だろう。五分前も十分前も言った。昨日も一昨日もその前も、毎日毎日。

息子の海斗《かいと》はまるで聞こえなかったかのようにレゴブロックで遊んでいる。もっと大きな声で同じ事を言うと、「もう、ママうるさいなあ」と夫にそっくりな表情をした。三歳の弟の蒼《そう》太《た》もマネをして「ママうるちゃいなー」と言う。

散らかったリビングが目に入る。脱ぎっぱなしの裏返った靴下、出しっぱなしのはさみに切りっぱなしの紙くず、表紙とばらばらになった絵本が何冊も、ポテトチップスの空き袋。床には食べこぼしたご飯粒がいくつも潰れて張り付いている。まるでゴミ溜めだ。私が住んでいるのはゴミ溜めだっけ？　おかしい。綺麗に片付けたはずなのに。いつ片付けたっけ。いつもだ。覚えていないくらいいつもだ。眉間が重い。第二の皮膚のように体に張り付いた疲労。こんな朝は、無間地獄《むげんじごく》という言葉がまったく大げさじゃないと思える。まるで何もかもが逆流する不条理なＳＦだ。何度倒してても再生するゾンビだ。エルム街の悪夢だ。目覚めたと思ったらまだ悪夢の中にいる。

だけど夢じゃないので、やることを放り出すわけにはいかない。たとえ、あと十五分で家を出ないと海斗の小学校にも私の会社にも間に合わないのに海斗はまだパジャマで朝ごはんも食べておらず、ランドセルは昨日帰ってきた時のまま、さっき着替えさせたばかりの蒼太が、たった今テーブルの上のお茶を倒して全身びしょ濡れになったところだったとしても。

三十分前に出勤していった夫が食べたシリアルの皿が、テーブルに出しっぱなしになっている。怒りをぶつけるように、乱暴にシンクに置いた。


入りたかった会社に入って、好きな人と結婚して、欲しかった子供を産んだ。二人も。全部望んだものなのに、欲しかったもの全部を組み合わせた結果がゴミ溜めでゾンビ映画だなんて一体どういうことだろう。

地下鉄のホームで、人混みの隙間を縫って走りながら思う。

十八時半になろうとしていた。会社を出るのが遅れてしまい、保育園のお迎えの時間ぎりぎりになりそうだった。逆方向に向かう人の流れは全体的にダークカラーで、ゾンビの群れのようだ。倒さないと保育園に辿り着けない。彼ら一人一人から見たら私もゾンビなんだろうけど。

エナジーレベルが瀕死だし、武器は手に持ったカバンだけ、それも買ってから五年が経ってブランドのロゴもほぼ剝げているから弱い。

どんどんゾンビたちに食いつかれる。体のあちこちが欠損していく。だけど前に進むためには自分の肉をくれてやるしかない。もはや頼りになるのは、一番進みが早そうな自動改札の列を瞬時に判断する動体視力と経験値、あとはカバンのサブポケットに入っている、後輩がくれた高級生チョコだけだ。今日、「板東《ばんどう》さん、疲れてますね。コレ食べて元気出してください」と渡してくれた。

保育園に着いたころには、体が食い散らかされてスカスカになっていた。おまけに汗だくだ。七月に入って一週目、今朝からにわかに暑くなった。園舎に一歩入るとクーラーが効いていた。

延長保育の部屋に残っている園児は二人だった。最後の一人にならなかったことに少しほっとする。蒼太くーん、お母さんきたよ。先生に呼びかけられても、プラレールに熱中している蒼太は動こうとしない。

「ホラ、ハヤクカエルヨ」「オカタヅケシテ」「センセイコマッテルヨ」

声帯も食われてしまっているので、体内備え付けの自動音声再生ボタンで対応する。が、蒼太は反応しない。スカスカの体をクーラーの冷風が通り抜けていった。

「あのねー、今日お楽しみ会ねー、そうくんの好きなものばっかりだったの、ぜんぶ」

家までの道を歩きながら蒼太は暢気に喋った。園を出るまでにさんざん手間取らせ、私のエナジーレベルをさらに下げた事などなかったかのように。

「そうくんね、好きなものぜんぶまぜたの。いちごケーキとね、ハンバーグとね、オレンジジュース」

「そう。美味しかった？」

「おいしくなかったよ」

曲がり角にさしかかった。蒼太は直進方向を指さし、

「こっちから行く！」

強く言い張った。

「そっちからだと遠くなっちゃうからね。今日は遅いし、早く帰ろう？」

「いや！　こっち行く！」

蒼太は金切り声を上げ、通りがかりの人がちらちらと見てきた。「強制的に連れていく」という選択肢を消去する。きっと泣いて暴れるだろうから虐待だと思われかねない。体内のタイムカウンターで、刻一刻と減っていく制限時間。夕食のメニューをもっと時短のものに組み直さねばならない。脳内で冷蔵庫の中の材料をサーチし、シミュレーションする。その前に、家まで辿り着けるのだろうか？

海斗はもう家にいる。何をしているだろう。これ以上仕事を増やさないでほしい、それだけが唯一の願いだ。だけどそんなささやかな願いもきっと裏切られるだろう。頑固なシミをつけた給食当番用エプロンや、『国語の教科書がみつからないようなので、おうちで一緒に探してあげてください』と書かれた連絡帳などによって。

表情筋も食われたので一ミリも動かない表情のまま、カバンのポケットから生チョコを取り出す。封を開けると、チョコは半分溶けて包装フィルムにべったりと張り付いていた。

『チョコ美味しかったですか？　良かったです。板東さんずっとお疲れですよね……。そういえば最近、大学の後輩から紹介されたセラピーに行ってきたんですけど、自分を取り戻した感じでめっちゃ良かったですよ。板東さんにもおすすめですよ』

後輩からのラインを閉じ、ネットニュースをざっとチェックする。英国王室関連のニュースから次々にサーフィンしていくと、『英国キャサリン妃の、外遊びと対話重視の子育て』という一年ほど前の記事に行き着き、気になって最後まで読む。本当は一分だって無駄にできない時間帯なんだけれど、インターバルがないと最後まで走りきれない。

仕事用のシャツとパンツから、くたびれた家用のシャツワンピに着替える。蒼太に手洗いうがいをさせるのに恐ろしいほどの時間と労力を使った後、海斗を探した。いつもゲームをしているはずのリビングにいないのだ。

「海斗？　どこ？」

寝室にしている和室のドアを開けて絶句する。ぐちゃぐちゃになった布団の上に、クローゼットから無造作に出してきた服が山と積み上げられ、その上にビリビリにやぶいた新聞紙がふんだんに盛り付けられていた。

「何してるの！」

新聞紙に埋もれてゲームをしている海斗を怒鳴《どな》りつける。

「どうすんのこれ、誰が片付けるのよ！」

「……せっかく鳥の巣作ったのに」

海斗は、子供の創造性に無理解で視野狭窄な母親を見る目つきで私を一瞥した。

二人のナニーとメイドと専属料理人、住み込みの家庭教師がいて二億ユーロの豪邸に住んでさえいれば、私だってキャサリン妃みたいな子育てができるのに。

体をひきずるようにしてキッチンへ行き、夕食の仕度に取りかかった。

「今日ハンバーグだよね?」

作業台の前に立つ私に、海斗が近寄ってきた。

「あー、炊飯器のタイマーセットし忘れてる。最悪」

「ねえってば、ハンバーグでしょ」

「もう時間ないから今日はやめ。挽き肉とキャベツの炒め物ね」

そうすれば三分の一くらいの時間でできるし、野菜も一緒にとれる。あとは根菜のお味噌汁に、副菜は――

「えー。嫌だ嫌だ。ハンバーグって言ったのに」

海斗が顔をしかめて地団駄を踏む。

「仕方ないでしょ、だって」

「嫌だよー」

「……わかった、ハンバーグ作ってあげる」

言い終わる前に後悔したけれど、「やったー」と言う海斗を見ると撤回するわけにもいかない。ため息をつきながら、冷蔵庫を開ける。

卵を取り出そうとすると、手からすべった。やめて、という思いも虚しくあっという間に床に落ちて割れ、ぬめっとした白身がスローモーションのような動きで広がる。そのとたん、私の思考も割れて飛び散ったかのように次にどうするか考えられなくなる。

開いたままの冷蔵庫の中をただぼんやり見つめる。今日が賞味期限だけど、開封後だから飲めるのか判断が難しい牛乳。フタのとれたヨーグルト。硬くなっていて結局捨てることになるだろう、ラップをかけた昨日の残りご飯。始めてみたけど混ぜる暇もなく片隅に放置してあるぬか床のホーロー容器。ハム、わかめ、豆腐、かまぼこ、チーズ、買い置きしてある食品たち。

こんなに色々入っているのに、何も作れない気がする。どれも結びつかずバラけたままで、形を成さない。私を陥れようとする妖怪のように、床から卵の黄身がぬめっと見上げてくる。

冷蔵庫の扉の開けっぱなしを知らせる電子音が鳴った。

「ママっ。れいぞうこがおこってるよっ」

蒼太の声で我に返る。いつの間にか側に来ていた蒼太が、やたらに怒気を演出したような表情と身振りで「ほらもうっ、おこってる」とくり返した。

「……冷蔵庫じゃなくて、怒ってるのは蒼太じゃん」

「そうよっ。そうくんおこってるのよっ。わかる？　ほら、ちゃんとそうくんのおめめ見て」

完全に私をコピーしている。「モノマネ芸人か、あんたは」力なくつぶやきながら抱き上げてリビングに移動させ、料理にとりかかった。

玉ねぎを刻んでいると、「ママ、蒼太がおしっこもらしたよ」と海斗が来て中断させられた。

「ちょっと待って！」

スピードを上げて、苛々《いらいら》と玉ねぎの残りを切る。私の神経も切り刻まれているようだ。せめて玉ねぎを炒め終わってから行きたかった。粗熱《あらねつ》を取っている時間に対処できるから。しかしフライパンを熱したところで、

「もらしてないもん！　お兄ちゃんのばかー」

蒼太がかんしゃくを起こして激しく泣き出し、二人がケンカを始めて収拾がつかなくなった。

蒼太はやっぱりおもらしをしていて、ソファにおしっこの染みができていた。おむつが外れて間もないから、たまに失敗する。自尊心を傷つけるから怒るまいと思うものの、

「やっぱりもらしてるじゃない！」

反射的に声を上げてしまう。

「ちがうもん！　ママのばか！」

蒼太は大きな口を開けて、また泣き出した。

新聞で水分を拭き取り、消臭スプレーをかけて応急処置。バタバタとキッチンに戻り手を洗って、ゾンビの手から紙一重で逃れるように限界ぎりぎりのスピードで次の工程をこなしていると、インターホンが鳴った。時間指定していた宅配だろう。

「海斗、ママちょっと手が離せないから荷物受け取ってくれる?」

ハンバーグのたねを丸めながら呼びかけても、海斗はテレビから目を離そうともしない。

「えー、ちょっと僕今、忙しいんだ」

「テレビ見てるだけでしょ! ちょっと出てくれるだけでいいんだよ。もうお兄ちゃんでしょ?」

動かない海斗。苛立つように二回目のインターホンが鳴る。両手は挽き肉の脂でぎとぎと。

突然、手に持ったハンバーグのたねを思い切り壁に叩きつけたくなった。昔、そういう料理番組のコントがあったなあ。私の身はお迎えの時よりさらにすり減っている。なんだか自分の身を切り刻んで丸めて叩きつけているような気になる。


「あれ、今お風呂出たとこ? 遅いね」

帰宅した夫がバスルームを覗いて言った。

私は子供達をお風呂に入れ終わり、二人がぬれたまま歩き回ってびちゃびちゃになった洗面所で慌ただしくオールインワンの化粧ジェルを塗っていたところだった。

「しょうがないでしょ。バタバタして大変だったの」

声が尖《とが》る。床に投げ出された海斗のバスタオルを拾い上げて洗濯機につっこんだ。

「なんで怒るの? 遅いねって言っただけなのに」

「別に怒ってないよ」

「怒ってるじゃん」

悪気がない一言なのはわかっている。ただ、ゾンビの襲来に怯えて殺気立つ人間は過敏になって、ちょっとしたことで攻撃的になってしまうのだ。

この人にはそれがわからないのだろうか？

「今日のハンバーグ、なんかいつもと違う？　ちょっとパサついてる」

夕食を食べながら夫が言った。

「……玉ねぎの粗熱が取れる前に混ぜちゃったのと、焼く前に冷やさなかったからかな」

あんなに大変だったのに。どうせならちゃんと美味しく作りたかったのに。じくじくと悔しさが疼《うず》く。

というか、怒濤のような時間が全て終わってから帰ってきて、あの苦労を一言で否定するこいつは何？　味方の中に紛れ込んでいる敵ゾンビ？

何か言ってやりたいのに言語中枢も反射神経も食い破られていて使い物にならず、うまく言葉が出てこない。

――なんで美味しいよありがとうって言えないの？

――正直な感想言っただけじゃん。嘘言えって？　家でそんな社交辞令的なやりとりするって何か違うと思うんだけど。もちろん作ってくれたことに対する感謝はあるよ。

――そんなことが言いたいんじゃないの！　私がどれだけ大変かも知らないで偉そうに、辛口レビュアーのつもり？　星つける立場なわけ？

しないだろ。

——俺だって今日は仕事大変だったんだよ。でも真琴《まこと》みたいに自分だけ大変アピールなんてしないだろ。

——私ほど大変じゃないからだよ！　私みたいに早く仕事終わらせる努力を精一杯してないでしょ。自分はやらなくていいって思ってるよね。一番助けが必要な時間にわざと帰ってこないんじゃないの？　今さらのこのこ帰ってこられても嬉しくないんだけど。

——何だよその言い方。帰ってきて欲しくないなら帰ってこないよ。もういい、出てくよ。

数秒間のシミュレーションの中で夫が家を出て行き家庭が崩壊したので、私は何も言わないことにして洗面所に行きドライヤーをかける。

絶対に私の方が大変だ。鏡を見ながら確信する。だって夫はこんなに食い散らかされてスカスカになっていない、ちゃんと肉がついている。ゾンビからうまく隠れて、ただちょっと逃げ疲れただけの人ってとこだ。

これから倒れるように寝て、朝になればそこそこ元通りになっている。そしてまた、一日かけて食い散らかされる。その繰り返し。

やっぱり無間地獄だ。

逃げ出すようにカバンに駆け寄り、携帯電話を取りだした。後輩からのラインをもう一度開く。メッセージを送るとあっという間に既読になり、返信があった。

『興味ありますか？　じゃあ連絡先送りますね！』

送られてきたのは名刺大のカードの写真で、手書きの文字で『町田診療所』と書かれていた。

「板東真琴さん、あなたの好きな果物は何ですか?」

——それが、診療所に入って最初にされた質問だった。

私が想像した「診療所」とはまったく違っていた。カウンセリングルームのような場所を想像して足を踏み入れたそこは、台所だったのだ。

窓から差し込む太陽光がしみこんだように、白い壁の全体がやわらかく光っている。うちの台所と比べたらまるで別の惑星のような、ぜいたくな造りに圧倒されるキッチンだ。

息をのむほど整然としているのに、あたたかみやセンスを感じさせる。秘訣を盗もうと目をこらしても、何一つ拾えない。だいたい、「料理研究家の素敵なキッチン」的な特集を読んでもいつもそうだ。どうやってもこんなふうになれないという劣等感が増すだけ。

いるだけでじんわり体があたたまりそうな雰囲気は、木材の色のせいかもしれない。椅子をすすめられてダイニングテーブルについたとき、そう思い当たった。

漆喰部分以外の壁、天井の梁、床材。どれもが、見たことのない赤みがかった色合いをしている。ダイニングテーブルも、他とは種類が違うようだけど暖色だ。内側からにじみ出る、血が通っているような色合いで、塗料によるものではないと思えた。最近、建築士に木材のサンプルを見せてもらったので木材の種類には少し詳しくなったけれど、オークとかウォルナットとかヒノキとか、メジャーなものではなさそうだ。

色と言えば、冷蔵庫も見たことのない珍しい色をしている。レモンカードのような、クリームがかった明るいイエローはどこかレトロな味わいで、いいなあ、と思う。どこのメーカーだろう。

「思いつきますか？　好きな果物」

町田モネと名乗ったそのセラピストらしき男は、飲み物を出すと自分も対角線上に腰かけた。

「好きな……果物？」

困惑しながら、目の前に置かれたつめたいグラスを持つ。ミントとレモングラスのハーブティらしい。凍った桃のスライスが入っている。

口をつけると柑橘系のハーブの香りと桃の香りが交じりあい、一瞬うっとりした。

美味しいですね、と言いながらこっそり彼を観察する。かなり背が高く、座ると持て余したような膝下の長さが目立つ。東南アジアのフィッシャーマンズパンツのようなものをはき、上は赤いアロハシャツ、頭にはターバンというこちらを攪乱《かくらん》させるような恰好をしていた。

玄関で靴を見たときにも思ったけれど、足のサイズもかなり大きい。安定して地面にくっついているという感じの素足には、驚くほど長い足の指がついていた。

国籍も年齢も不詳で、とにかく健康そうだということしかわからなかった。まあいい。健康そうな人は信用できる。

「昨日、電車に乗ったら四人がけの席しか空いてなくてそこに座ったんですけど、向かいに男子高校生二人が座ってたんです」

町田さんはテーブルの上の籠に入っていたバナナを取り出し、楽しそうに剝《む》きながら話す。

なんだかふざけた人物だと思った。

「その男子二人が、好きな果物は何か、って話を始めたんですよ。自分の好きな果物の優れた点を主張するあまり二人ともだんだんヒートアップしてきて、両者一歩も譲らない熱い議論みたいになっていって、ケンカになるんじゃないかとヒヤヒヤしました。だけど僕、前の晩あまり寝てなかったもので急激に眠くなってしまって、そこで記憶が飛んだんですよね」

「はあ」

「ずいぶん長いこと深く眠っていた気がしたんですよ。でも目覚めたら、まだその男子二人がいるんです。しかも、まだ好きな果物の話をしていたんですよ。以前の緊迫感はなくなっていて、『俺の好きな果物が一番だと思うけどまあ、お前がそれを好きな気持ちもわかるよ』という、比較的平和なトーンになってたんですけどね。長く寝たと思ったけど実質五分くらいだったのかなあ、電車でうたた寝すると長く感じるよなあと思いながら時計を確認したら、なんと！」

町田さんはそこで、ドラマティックな効果を高めるように間をためた。

「一時間が経過していました」

「そんなに？」

その男子高校生二人も町田さんも、乗り過ごしたんじゃないのか。

「驚くでしょう。驚きますよね」

町田さんは満足げな微笑を浮かべながらバナナを食べている。

「好きな果物って、そんなに長いこと持つ話題なんだと新鮮な驚きでした。そこで自分でも試してみたくなったんですよ」

「はあ……」

「真琴さん、あなたの好きな果物は何ですか？」

ここに来たのはもしかして、とんでもない時間の無駄だったのではないか。そんな不安が胸をかすめた。

今朝もいつものように、慌ただしい朝だった。

ただ一つ違っていたのは、私が有給を取っていたということ。家族がらみの用事じゃなく、自分のために有給を取ったのは初めてかもしれない。どこか後ろめたく、いつも通り会社に行くふりをして家を出、蒼太を送って行った。

犠牲を払ってこんな山の中まで来たからには、それだけの価値があったと思いたい。だけど目の前でのんびり果物の話をする町田さんには、無間地獄から私を救う力があるようには見えなかった。

「好きな果物……」

考えたこともなかった。果物は高い。子供にリクエストされたら思い切って買うことはあるけど、自分から買うことはない。ふだんスーパーに行くときも、果物コーナーは意識せず素通りすることが多かった。

「……りんご、ですかね」

手頃な値段。たまに風邪をひいたときに食べさせられるので、冷蔵庫に常備しておくと便利。

「りんごですか。なんだか地味ですねえ。他には?」

町田さんが言う。

「バナナでしょうか」

包丁を使わないので子供でも自分で取って食べられるし、栄養補給源として優秀だ。果物の中ではコスパも抜群。これも朝食用に置いておくといい。意外とすぐ変色してしまうのが難点だけど。

「バナナ。ベタですね。他には?」

町田さんが、歌舞伎役者のようにカッと目を見開いて訊いてくるので落ち着かなくなる。ただでさえ大きい目なので、圧力が半端ない。

「えっと、みかん」

大袋で買うとお得で、子供のおやつとして持ち歩きやすい。剝いた後の皮がべとつかずカバンに入れっぱなしで忘れたとしても腐らないのもいい。家のそうじ中に、子供たちがこっそり隠れ食いしたカビの生えた食べ残しが出てくるのをいつも恐れているが、みかんの皮はカサカサになるだけなので見つけてもダメージが少ない。

「うーん、みかんねえ。他にはありますか」

町田さんの反応の悪さに、私はなぜか焦りだす。

「梨」

「悪くはないですがねえ」

「葡萄！」

「良いんですが、そこまで起爆力がないですねえ」

「柿！　ってちょっと待ってください。おかしくないですか」

いつの間にか、私が挙げた果物に町田さんがジャッジを下すという流れになっている。

「私が好きな果物は私が決めることですよね？　町田さんが決めることじゃないですよね？」

「その通りです。真琴さんは賢いなあ」

バカにしてるのか。

「しかも、何の基準でりんごとかバナナを否定するんですか。自分もバナナ食べてるじゃないですか」

「基準は真琴さんの表情です」

町田さんは立ち上がり、私の手を取った。

行きましょう、と言われてにわかにどぎまぎする。

どこに？　何しに？

不意にボールを投げられたみたいに、何かが胸に飛び込んできた。日常と全く違う手触りの感情。思い出せそうで思い出せない大切なことが、その中に入っているような気がした。

スクーターのエンジン音と同時に、風が止まった。

後部席から降りてヘルメットを外し、前髪を直す。風が止んでも思いのほか涼しい。それなのに私は、やけに汗ばんでいた。昨日まで考えもしなかった状況に焦っていたせいだ。

今日会ったばかりの男性と二人乗りをするなんて。パンツスタイルにしてきて良かった。いや、そんなことはどうでもいい。こんなに近くで夫以外の男性の背中を見続けることが、あまりに久しぶりだった。「腰につかまってくださいね〜」と言われても、つかまる力加減に悩んでいる自分が気持ち悪かった。『町田二号』と書かれたスクーターは、原付のようにも見えたけれど、気にする余裕もなかった。

あまりに動揺していたので、シックな字体で店名が書かれたその建物に入るまで何の店か気づかなかった。

甘い香りにふわりと包まれて、我に返る。いくつもの心ときめくような香りが、色と形を持って目に飛び込んできた。

漆喰の白壁と、ベージュがかったグリーンを基調にしたインテリア。センスのいい店内には、まるで宝石のように大切そうに、きれいな果物たちがゆったりとした間隔でディスプレイされていた。

「……おしゃれな果物屋さんですね」

「中村《なかむら》青果店ていうお店で、先々代のおじいちゃんとも先代のおじさんとも仲が良かったんです。息子さんが跡を継いでからリニューアルしてカフェを併設して」

そこで町田さんは、奥から出てきたその息子さんらしき若者に挨拶して話を始めた。私は手持ち無沙汰に果物を見て回る。

ただでさえ高くて遠く感じる果物が、こんなふうに飾られていると余計に手が届かない美女たちのように見える。私は高級クラブに初めて連れてこられた男のように気後れしていたが、しだいに慣れてきた。

みずみずしい夕焼けのような色をしたプラム。張りがあってつややかな皮におそるおそる指で触れてみる。初々《ういうい》しい少女のような白桃のこまやかな産毛《うぶげ》に見とれる。あふれんばかりにぎっしり実をつけたマスカットが、新緑のように光っている。

果物というのはどうしてこんなにカラフルなんだろう。お花もそうだ。ふだん、スーパーでこんなにカラフルなコーナーが目に入っていなかったことが不思議に思える。

奥に位置する棚の前で足が止まった。その香りをかいだとたん、体の奥から何かが湧き出してくるようにときめく。

マンゴーだった。

突然、沖縄の宮古島の海に満ちる光が目の前にはじけた。ずっとしまってあって存在も忘れていた箱が、なにかのはずみで頭上から落ちてきて中身が散らばったみたいに。

新婚旅行で行ったのはもう九年前だ。あれ以来一度も行っていない。

島の無人市場で買って食べたマンゴーの味に感動したことを思い出す。島を満たす光がそのまま果物になったみたいで、楽園ってこういう味なんだと思った。あの味が忘れられず、帰ってからスーパーで探したりデパ地下で何度か買ってみたけど、全く別物だった。

「入りませんか？」

町田さんの声で現実に戻る。指さす方を見ると、併設されたカフェの入り口があった。

黒板に『期間限定・夏のパフェ』と書かれ、『白桃と紅茶のパフェ』『マンゴーとココナッツのパフェ』の見目麗しい写真が並んでいる。思わず声にならないため息がもれた。

「でも、入るのはちょっと……」

「どうしてだめなんですか？」

「だって」

注意力散漫な海斗と三歳児の蒼太をこんなおしゃれなカフェに連れてきたら大惨事になる。夫は甘い物が好きじゃないし。

落ちて割れたパフェグラスと床に散らばった中身、夫のつまらなそうな顔が浮かんだところで気づく。三人とも今はいないんだった。

「わあ」

テーブルの上に運ばれてきたマンゴーのパフェを見て、思わず華やいだ声を上げてしまった。ちらっと町田さんの様子を窺うと、目を輝かせてパフェを見ていたのでどこかほっとする。

人の目なんか気にせずパフェにはしゃいでいたのはずいぶん前の話だ。

小学三年生の頃に住んでいた町の駅前に喫茶店があり、そこで生まれて初めていちごパフェを食べた時は本当に感動した。ガラスの塔のようなグラスの中に、あらゆる素敵なものが何層にも積み重ねられていて、シャンデリア調のアンティークライトの光が反射して輝いていた。

まるで女王様の食べ物だと思った。

それから、誕生日や成績が良かった時に親に懇願し、年に二、三度だけ私はその店に行って女王様になれた。美しいガラスの塔に積み重ねられた、完璧な調和。女王の手にした銀色に光る華奢《きゃしゃ》なスプーンだけが、その調和を崩す資格がある。

「素敵！　すっごいビューーティフルで最高ですね！」

自分がオーダーした白桃パフェの前で、町田さんは大げさなほどはしゃいでいる。落ち着きなく周りを見渡してしまったのは、知り合いに見つかるんじゃないかという懸念のためだった。会社を休んで夫以外の男性とこんなところでパフェを食べているなんて、疚《やま》しいことなんて何もないけれど悪いことをしている気分だ。

上層をひとさじすくう。半分凍ったカットマンゴーとたっぷりの生クリーム、南国の香りがするココナッツアイスクリームが、口の中でつめたく甘い和音を奏でた。

ネガティブな感情が吹き飛び、思わず顔がゆるむ。口の中がここまで甘やかされてもいいんだろうか。こんな組み合わせを考えた人は、人を堕落させる罪に問われるんじゃないかと思う。

「真ん中のは何だろ？　あ、ヨーグルトか。で、一番下がコーンフレークね」

心の声が独り言になっているのに気づき、はっと顔を上げる。町田さんは気にとめる様子もなく、同じように熱心に分析するように自分のパフェの中をかき分けている。違う、と思った。

違う？　何が違うんだろう？

「美味しいですね」

よくわからない違和感を振り切るように、明るい声を出す。

「好きなんですか、マンゴーパフェ」

町田さんが尋ねる。

「好き、……なんですが」

「なんですか、その躊躇《ちゅうちょ》は」

「私なんかが好きと言うのは畏れ多いというか。マンゴーは高級フルーツだし、パフェはもっと人生に疲れていないキラキラした若い女性専用の食べ物な気がするし」

町田さんはしばらく考えるように腕を組んでいたかと思うと、

「これはあなたにとって完璧なパフェですか？」

いきなり顔を近づけてきた。

「完璧？　まあ、美味しいし完成されてるなと思います」

「本当ですか？　真琴さんにとって一点の曇りもなく完璧な、一生でこれ以上最高のパフェには出会えないと思うようなパフェですか？」

「そこまで言われると……」

詰問されてたじろいだ。

「果物屋さんだけあって果物は新鮮だと思うけど、有名パティスリーのものでもない千百円のパフェに完璧を求めるのは酷でしょう」

「真琴さん、あなたにとって、です。有名パティスリーも千百円も関係ありません」

私にとっての完璧？　コーンフレークをざくざく咀嚼《そしゃく》しながら混乱してきた。完璧、という言葉と「私にとって」が頭の中で上手く融合しない。

口の中が乾いてきた。最下層はコーンフレークよりもっと水気があって後味がさっぱりするものがいいな、とふと思う。コーンフレークの量も多いから、上層のマンゴーを食べていた頃が遠い過去に感じられ、コーンフレークだけ食べて終わってしまった感がある。

「それはパフェじゃないですね」

町田さんがきっぱりと言った。

「はい？」

「パフェの語源はフランス語でパルフェ、完璧という意味です。なので、真琴さんにとって完璧じゃないならそれはパフェじゃありません」

……一番下は水気があってぷるぷるしたもの。

マンゴーの濃厚さを考えると、パンナコッタのようなものでもいいかもしれない。ああでも、後味のさっぱりを優先するとマンゴーのジュレがいいかな。パンナコッタ路線でもう少しさっぱり感寄りにして、シンプルなミルクゼリーという手もある。いつそのことミックスして、マンゴーとミルクを一緒にしたゼリー。となると、

「マンゴープリンか」

リビングダイニングのテーブルで、ペンを弄びながら独り言が出た。

その途端、寝室のドアが開きびくりとする。

「ママ何してるの」

まだ六時すぎだというのに、パジャマ姿の海斗が姿を現した。いつも平日はいくら起こしてもなかなか起きてこないのに。

「宿題してるの」

慌ててノートを閉じる。

ママにも宿題があるの？　とぼそぼそ言いながら海斗はトイレに行った。

続いて眠たそうな顔で出てきた夫を目にしたとたん、反射的に目をそらして立ち上がる。

「何してたの？」

「いいじゃない何でも。お弁当なら今から作るよ」

朝から攻撃的な物言いになってしまった。せっかくいつもより早く起きたのだから、家族に余裕のある微笑みを向けられるはずだったのに。

「やることあるなら、作らなくていいよ。コンビニで何か買うから」

「今から作るって言ってるじゃない。たとえコンビニでも積もると馬鹿にならない出費なんだから。どうせ自分のも作るんだから同じなの」

夫は何も答えずに洗面所へ行ってしまった。

急いでお弁当を作りながら、苛々がつのる。使うはずだったスライスチーズがなくなっている。海斗か夫が食べたんだろう。おかずの予定を変更して作っていると、いつの間にか思った以上に時間が経過してしまった。

蒼太の保育園の準備は、夫がやっているはずと思っていたのにまだできていない。どうしてやらないんだろう。気まぐれでやったりやらなかったりするなんて、かえって余計なストレスになるだけだ。

「蒼太、早く起きなさい！」

寝室に向かって声をあげる。予想外にヒステリックな声になってしまったことに、自分で苛々する。

「海斗、脱いだパジャマ片付けて！」

「パパ、蒼太のおむつはちゃんと新聞に包んで捨ててって言ったでしょ！」

大声を出しながら、自分が全く違うことを叫んでいるような気がした。

――こんなのは私じゃない！　お願い、わかって！

「辻《つじ》さんが、明日の打ち合わせ三時にずらしてほしいって言ってきたんだけどいいよね？」

玄関で靴を履いている夫に、努めておだやかな口調で話しかける。

「辻さんって誰だっけ」

「建築事務所の、担当建築士の人じゃない。信じられない、二回も会ってるのに忘れるなんて」

「ちょっとど忘れしただけだろ。そんな風に言うなよ」

夫はむっとした顔で、行ってきますも言わずに出て行ってしまった。

違う、そういうことじゃない。そう返す暇もなかった。

何が違うのか説明する時間どころか、自分で考える時間もないまま「違う」だけが溜まっていく。


注文住宅を建てよう、と本決まりになったのはほんの一ヵ月前の話だった。

隣の市に住んでいる夫の両親が、使わなくなった農地を譲ってくれることになったのだ。今住んでいる2ＬＤＫのマンションは新婚時代に借りたもので、子供が二人に増えた時点で狭すぎた。これまで何度か引っ越しの話も出たけれど、騙し騙し過ごしているうちに年月が経ってしまった。そろそろ限界を感じ始めていたところに土地譲渡の話が出たので、思い切って建ててしまおうということになったのだ。

通勤が不便になる。保育園も学校も変わらなくてはいけなくなる。二、三十年払い続けるローン。決めたとたんに大きな不安がのしかかってきた。それでもきっと、理想の家が手に入りさえすれば物事は良くなるだろうと思った。

それなのに――。

「キャラメルフラペチーノでお待ちのお客様」

店員の声にはっとして、カウンターで注文の品を受け取る。

昼休み。勤務先の会社が入ったビルの隣のカフェチェーンはなかなかに混んでいた。ごくたまに来る時は一番安いコーヒーを頼むのに、今日はなぜかこんな贅沢品《ぜいたくひん》を頼んでしまった。ホイップクリームの載ったずっしりとしたカップを手にして心が浮き立ったのは一瞬で、すぐに重苦しい気分になる。夫には「コンビニでの買い物だって積もれば馬鹿にならない」と言いながら、自分はこんなものを買ったことを責められているような気分。これからローンを組むのだから節約しなきゃいけないというのに。

小さな丸テーブルの上に、建築事務所からもらった資料とインテリア雑誌を広げる。明日打ち合わせなんだから、少しでも間取りのイメージを固めておかないと、と思う。

それなのに、綺麗なインテリアの写真を眺めても全く気分が上向かなかった。どれもそれぞれ良さそうだけど、選択肢が多すぎて苦痛になる。どれかを選ぶと、どれかを逃して損をしているような気になる。

今朝の夫の態度を思い出し、どんどん空しさが加速する。こんな大きなターニングポイントなのに。二人でこれからのこと、理想の暮らしを話し合い、形にしていく大切な機会なのに。

今まで、一緒に雑誌を見ようと誘ってもろくろく見もしなかった。希望を聞いても、よくわからないと言葉を濁される。「カウンターがある対面キッチンていいよね」と、私がうきうきと話しかけた時には「そう？　そんなの必要？」と、ふくらんだ風船を針で突くような反応をされた。

建築士の名前を忘れていたことじゃない。こんなに大切なことを軽視している態度が問題なのだ。悲しさを集めて見えない場所にしまい込むように、見る気になれない資料と雑誌をカバンに戻した。

代わりに、町田さんから出た「宿題」のノートを出して広げる。

「これは真琴さんにとってパフェじゃありません」

あの時そう言ったあと、町田さんは次回までの宿題を出してきたのだ。

「真琴さんにとって完璧なパフェの設計図を書いてきてください。ちゃんと細部まで詰めてくださいよ。パフェグラスの形や厚み、高さは何センチか。材料もひとつひとつ、例えば生クリームはどんな味わいのもので甘みの種類や程度はどのくらいか、泡立て具合はどれくらいか、とか。納得いくまで真琴さん自身に聞いてあげてくださいよ」

ノートには、今朝描いた逆三角形の下手くそなグラスの絵。下の方に線が引かれ、矢印の先に「マンゴープリン」とだけメモしてある。

このグラスの形は違うかも。ふとそう思った。なんだか、下が窄《すぼ》まりすぎていると終わりに行くに従ってさみしくなりそう。間口も広すぎると落ち着かない。だからといって、まっすぐな円筒型は単調でつまらないし……

何度も描き直し、ゆるやかな曲線の、間口がほどよく広がってフリルのような波を描く縁のグラスに落ち着いた。プリンセスのドレスを逆さまにしたような感じだ。

新しく出現したグラスに、ふたたび線と「マンゴープリン」のメモを書き入れる。そこからどうすればいいのか思いつかず、ほとんど無意識に携帯を取り出してグーグルさんに「マンゴーパフェ」を検索してもらう。

ありとあらゆる趣向をこらした、いくつもの華やかなパフェたちがずらずらと出てきた。まるで宮廷の舞踏会に紛れ込んだ貧しい娘のような気分になる。上に載せるマンゴーひとつ取っても、無数の選択肢が押し寄せてくる。どんなカットにするのかどんなふうに美しく飾るのか、フローズンか生か洋酒漬けかコンフィチュールか。

トップを飾るのはコットンキャンディ？　フロランタン？　マカロン？　グラノーラ？　飴細工？　ドライマンゴー？　さあ、私を選んで。違う、私よ。マンゴーシャーベットにバニラアイス、ココナッツアイス、それともマンゴーミルクのジェラート、口当たりはしゃりしゃり？　なめらか？　香りは強め？　控えめ？　あなたのセンスが試されるのよ。

楽しい驚きをもたらす仕掛けは、しゅわしゅわのソーダゼリー？　アイスの中に忍ばせたパウダーソルト？　地味にならないようにもっと考えた方がいいんじゃない？　本当にそれでいいの？

あれもこれも入れなきゃ。増えるほどに、楽しいはずのもの、欲しいはずのものが重荷になっていく。ストレスに変わっていく。どれを選んでも、何かを取りこぼしているようで不安になる。

フラペチーノはいつの間にか氷が溶けて泥水のようになっていた。もったいないので、最後までストローですすると、お腹が水っぽくなった。


「迷ってるなら全部買いましょう」

町田さんは当たり前のように私の携帯をすっと取り上げ、ぱたぱたと操作をした。

「ちょっと、やめてよ!」

思わず声を上げて取り返すが、遅かった。

お買い上げありがとうございました! 高額な買い物にほくほくしたような、きらびやかな文字が告げる。どれにするか迷っていた三つのパフェグラスと、真鍮《しんちゅう》のパフェ用スプーンの決済はすでに終わった後だった。

「全部買うつもりなんてなかったのに! 一つだって五千円もするから決心がつかなかったのに何てことを」

「だってどれも素敵だなあって言ってたじゃないですか。実際に手に取ってみたら一つに決められますよ。それに、その日の気分によっても使い分けられるじゃないですか」

「そのためだけに三つも買うなんて、こんなことにお金使うなんて……」

「こんなこと？　じゃあどんなことならお金を使って嬉しい気分になるんですか？」

「え？」

嬉しい。その言葉に虚を突かれた。その単語の存在すら忘れていたことに気づき、愕然とする。

一番優先すべき家を思い浮かべても、嬉しい気分にはならなかった。なんでだろう。マイナスを埋めるために使おうとしてるお金だからかもしれない。そのために我慢して、余計不安になって。だから借金を返すためにさらに借金した時のような気持ちなのだ。

街角のブーランジェリーにあるイートインスペースのカウンターで、町田さんと私は並んで座っていた。店内に流れ込んでくる客が増えてきて、焼きたてのクロワッサンの香りがただよってくる。時計を見ると九時を過ぎていた。

二度目のカウンセリング（？）に訪れた今日。

宿題は結局、空っぽのグラスを描いて、「マンゴープリン」とメモしたところで止まっていた。が、町田さんは責めることはなく、

「実際に作りながら見つけていく方法もありますよ。それも楽しいものです」

実際に楽しそうに言うと、ふたたび私を街へ連れ出したのだった。

今朝は（も、というべきか）慌ただしくて、まともに朝ごはんを食べていないと私が言うと、このブーランジェリーに寄ってパンを食べることになったのだ。

人の体温ほどのあたたかさをまだ残しているブリオッシュの甘い匂い、作りたてで、レタス

もトマトもチーズもまだみずみずしいサンドイッチ。熱々のコーヒーが冷めるのを待つ、誰にも急かされない時間。

これだけのことで、食い散らかされてスカスカの体に血肉が回復して自分がまた人間へ戻っていく気がした。

遠足に行く子供のような足取りで歩く町田さんの後ろ姿を追っていると、息子たちのことを思い出した。同じようにぽんぽんと、重力から半分自由になったような足どりでやってきて「ねえねえ、ママきいてー」と話しかけてきた昨夜の蒼太。

何を話しかけてきたんだっけ。ただ、「ママそんなこと聞いてる暇ないの！　ごはん作らなきゃいけないの」と口にしたことは覚えている。

私はどれだけ、蒼太と海斗の「そんなこと」を取りこぼしてきたんだろう。夫が、新しく建てる家の建築士の名前を簡単に頭から取りこぼしたように。

メイドとナニーと家庭教師はまあ、なくてもいい。二億ユーロの豪邸もたぶん、広すぎて冷暖房が効きにくそうだからいい。専属料理人だけでもいてくれたら。もっと余裕のある母親になって、キャサリン妃に近づける気がするのに。

「毎日毎日ご飯作るってほんと大変なんですよ。朝からお弁当作って、仕事終わって時間がない中夕食作って。栄養バランスとか、見た目も考えなきゃいけないしリクエストもきかなきゃいけないし」

買い物かごを手にした町田さんに、つい愚痴をこぼす。

普段入らない高級スーパーだった。店内の空気も客の顔も王室的な余裕をただよわせているように見える。時間帯のせいもあるだろうけど、この客たちはどんな特権階級なのかと思う。

「素晴らしいですね。毎日そんな創造的なことをこなして誰かを生かしているなんて、アーティストじゃないですか。料理は自然界の四つの要素を使って新しい命を生みだす魔法ですよ」

町田さんの空々しい台詞に苛立った。美辞麗句で重労働をごまかすのが奴らの常套手段だ。奴らって誰なのかわからないけど、おそらくゾンビを送り込んでくる黒幕的な。

「そんな良いものじゃないですよ。毎日労力と精神力をめちゃくちゃ使うのに十五分くらいで消えて、大して感謝もされなくて何やってんだろって思う。町田さんは義務じゃないからそんな気楽なことが言えるんですよ。毎日休めない義務がどんなに大変か」

「どうして義務なんですか？　誰に言われたんですか？」

町田さんが問う。乳製品の棚の前で、私は絶句した。

「いや、誰に言われたとかじゃないけど」

「じゃあ、しなくてもいいじゃないですか。誰か他の人が作れば良い。誰も作らないなら、生のゴボウでもかじっていればいいんです。お弁当も生のゴボウ一本でいいじゃないですか」

「どうしてわざわざゴボウなんですか。せめてにんじんとか」

「真琴さん、生クリームはどんな感じのものがいいですか？」

町田さんは話を途中でぶった切り、多種多様なクリームが並ぶエリアを指さした。私は見知ったものの数倍の商品が並ぶそこをじっくりと眺めた。

どんな感じの生クリームがいいか？

「ミルク感がすごくあって、濃厚でそれでいて後味がしつこくない……」

グルメレポーターみたいな台詞を口にしている自分に、何だか笑えてきた。

外国産のクリームのパッケージに二人で好き勝手なコメントをし、乳脂肪分のパーセンテージの違いについて議論をしたりしているうちに、五種類のクリームが買い物かごに入ることになった。

続いて、世界各国の蜂蜜やシロップが並ぶ棚。

「ライチの花の蜂蜜、入れてみたい。マンゴーに合うかわかりませんけど」「南国の果物には南国で採れる蜂蜜が合うんじゃないですか」「そういえばサトウキビも南国ですよね？」「なんだ、じゃあ結局砂糖でいいんじゃん」「ココナッツと黒糖合いますよね」「てことは北の国で採れるメープルシロップには北の果物が合うってことかなあ」「確かに。りんごとメープルシロップは相性が良さそうだ」

などと他愛のない話をしているうちに、蜂蜜とシロップの瓶が三つ、（協議の結果）砂糖はきび砂糖が買い物かごに入ることになった。

クランチアーモンド、マカダミアナッツ、ココナッツファイン、グラノーラ二種類、ゼラチン、ヨーグルト三種類、ナタデココ、乾燥タピオカ二種類、かごの中身がみるみる増えていく。

「……こんなことしてていいのかな」

高級スーパーを後にし、果物屋さんに向かう途中。

赤信号で立ち止まったときに、ふと我に返った。

「こんなことに時間とお金と労力を使っちゃって……」

「こんなことって？」

町田さんがこちらを向く。買った物を全部入れたバックパックを背負っている上、私のバッグまで持ってくれている。かなり重いだろうに飄々としている。

「だって仕事とか家族のためじゃなくて、自分だけが食べるもののためにこんな」

「どうして、自分のために時間と労力とお金をかけるのは良くないんですか？」

町田さんが、まっすぐに視線を向けてくる。

「えっと、それは……どうしてだろ」

あまりにも当たり前のことになりすぎて、考えたことなどなかった。

「仕事や家族のためにはかけられて、自分自身にはかけない理由って何ですか？　真琴さんが、一円の価値もない、壁のシミ以下でセーターの毛玉よりも劣る存在だからですか？」

「そこまで言うことないじゃないですか！」

むっとして声を荒らげる。

「僕が言ってるんじゃないですよ」

「言ったじゃないですか！」

「真琴さんの話を聞いてると、そう言ってるように聞こえるんです。僕はあなたのためなら、僕の持つ資源を無限に提供しますよ。まあ、お金も時間も労力も有限ですが」

信号が青になった。歩き出す人達がまとう空気感に、ふと夏の訪れを感じる。メロン色のプリーツスカートをひるがえして通り過ぎる若い女の子。男子高校生の半袖カッターシャツは、日光を反射してまぶしいほど白い。メタリック・ブルーの自転車を押して歩く、長髪の男性のヘッドフォンから漏れ出す、軽やかな音楽。みんな色がついているなあと思う。

パフェの材料を求めてそぞろ歩く街に、ゾンビはいなかった。


買い出しから戻って診療所のドアを開けたとたん、「ただいま」と無意識に口から出た。

「やだ、自分ちでもないのに」

セルフでつっこんで照れ隠しに笑って見せる。町田さんは何がおかしいのかわからないといった顔で、

「ただいま。おかえりなさい」

と言うと、ひょいと三和土を上った。

「ただいまでいいんですよ。台所はみんなが帰る場所だから」

町田さんの言葉に、不思議な安堵をおぼえた。たしかに、帰ってきたという感覚がある。ホームというよりは、ベース（基地）という方が近いかもしれない。

唐突に思い出したのは、一年かけて南極を調査する国際プロジェクトチームのドキュメンタリーだった。流氷の上に乗った巨大な船の基地に各国から集まった人たちが住み、それぞれス

ノーモービルや何かで移動して、自分の専門分野の調査に出かけてはまたベースに戻ってくる。目的地に向かう船と違い、流氷の移動に任せて少しずつ動く船。それぞれやってることは違うけど、生死と食事を共有しているチームメンバーたち。どんな感じなのか味わってみたい、と思ったあの未知の連帯感覚に近いものを、今自分も感じているのかもしれない。

廊下を進んでいると、オークの額縁に目が止まった。

『エミとモネのだいどころ』と下手な字でタイトルが書かれたドローイング。最初に来たときは気づかなかったけど、二種類の筆跡が入り交じっているところを見ると合作らしい。使われている漢字のレベルからすると、一人は小学校一、二年生くらい、もう片方は就学前か小学校に上がりたての子が描いたのだろうか。

「僕と姉さんが昔描いた、この台所の設計図です」

立ち止まっている私に気づいた町田さんが、振り返って言う。

お姉さんがいたのか。どんな人なんだろう。こんな小さいときから、この台所を計画していた？　いろいろ疑問はあったけど、

「あのダイニングテーブルは、お姉さんが選んだ……？」

なぜかそんなことを訊いていた。

「すごい。なんでわかったんですか」

町田さんは、飛びはねんばかりに驚いたそぶりを見せる。

「なんとなく、こっちがお姉さんの字かなって」

私は『だんろのひみたいないろのてーぶる』と書かれた、テーブルの絵の部分を指さす。つたない字ではあるけれど筆圧があって、字に表れている「正しく書こう」という決意を感じる生真面目《きまじめ》さのようなものは、町田さんのものではないと感じた。カタカナも使っていないので妹かと最初は思ったけれど、姉だというのは意外だった。

「そう。姉さんが大事にしてたテーブルなんです」

町田さんは買い出しの大荷物を抱えて台所に入っていき、私も後を追う。

「レイベンスバウムっていう木で、つくられてるんです。日本語にすると『生命の木』。ドイツの家具職人さんから買ったんです」

「へえ、生命の木」

血が通っているよう、と思った印象に、その木の名前はぴったりに思えた。

「生クリームの泡立て具合はこれくらいでいいですか?」

町田さんがハンドミキサーのスイッチを切ると、外で響く蟬の声が耳に飛び込んできた。

「さあ。適当でいいですよ」

マンゴージュースを飲みながら答える。思ったより水っぽいけれど、喉が渇いていたのでちょうどよかった。

買い出ししてきた品々をあらためて吟味し、パフェ作りにとりかかり始めたのは、戻ってきてから一時間も経ったころだった。台所は、ひんやりしていた朝方よりだいぶ空気が温まっている。

「ダメですよ、適当じゃ」

町田さんが大げさに首をふった。

「真琴さんにとっての完璧を知りたいんです。妥協しませんよ。真琴さんにとってこれが最適か、それだけが知りたいんです。なぜなら真琴さんは今、世界で一番重要な存在だからですよ。世界一のＶＩＰです」

「そんな大げさな」

「真実です。今、この場所で真実ということはそれが真実なんです」

スプーンですくった生クリームが差し出される。

「……もう少し硬めの方がいいかな。あとほんの少し甘みもほしい」

私が言うと、町田さんはまるで神からの預言を聞いたようにうやうやしくうなずいた。

生クリームの調整にかかる町田さんの横で私がマンゴーを切っていると、

「そんな無造作に切っていいんですか」

町田さんが問い詰めてきた。

「世界一のＶＩＰに出すものを、あなたならそんなふうに切りますか？　どこをどういうふうに切れば断面が美しく見えるか、マンゴーがＶＩＰのために最高に映えるか、全力で感じて考えましたか？　このマンゴーはＶＩＰのために宮崎県から命を捧げに来たんですよ」

「ＶＩＰＶＩＰうるさいですよ」

とはいえ、私の手つきは今までよりずっと丁寧で注意深いものに変わった。

町田さんの台所はよほどよく考えて作られたのだろう。作業台は体に余計な力を入れなくて済む絶妙な高さだし、マンゴーの皮を三角コーナーに捨てたり、作業途中に水道で手を洗ったりする動作は、笑みがこぼれるくらいスムーズにできる。

コンロ前はタイル貼りになっていて、赤ちゃんの肌のような可愛い色をしている。生まれての子供を世話するように大切に扱うつもりじゃないときっと、こんな色は選ばない。

道具も、精魂込めて選んだにちがいない。良質そうな木のまな板と、切れ味がいいのにプロフェッショナルすぎる感じがなく、気軽に持てる包丁。切っていて、自分の技術がすごく上がったような錯覚をおぼえる。

こんなふうに集中して何かを切ったこと、なかったかもしれない。

なめらかに光を受け止めるマンゴーの断面を見ていると、炭酸の泡のようにいくつもの思念が、わき上がっては弾けて、消えていく。

どうしていつも、ゾンビに追われながら何かを切ってるんだろう。

私は何のために、毎日ごはんを作ってるんだろう。家族のため？　家族のためって何だろう？

私はどんな台所が……どんな家が欲しいんだろう？

先週末の、建築士との打ち合わせを思い出した。

考えなきゃいけないことが多すぎて、頭がごちゃごちゃだった。それなのに蒼太は事務所内を走り回って、備品を壊すんじゃないかと気が気じゃなかったし、海斗は「ねえまだ終わらないの？」とうるさいし、夫も全然積極的じゃなかった。

「奥様はどんなキッチンがいいですか？」

訊かれても、「……掃除がしやすくて、収納が多い？」くらいしか思い浮かばなかったし、ビルトインの食洗機をつけたいと思ったけれどなんとなく言い出せなかった。

結局、建築士の提案をそのまま受け入れるような形で素案を作ることになった。

大きな欲しいものを頑張って手に入れるのを、どこかで恐れている。

仕事、結婚、初めての子供、二人目の子供。どれも、これさえ加われば幸せになると思ってきた。今回も、家さえ手に入れば状況は良くなるだろうと期待する反面、そうならなかったらどうしよう、という気持ちがある。たぶん最後の切り札だから。

夢を見るのが怖いのだ、きっと。

「真琴さん、じゃあさっそく重ねていきますか！」

やけに張り切った町田さんの声で我に返った。目の前には、冷凍庫で冷やしておいたパフェグラスがある。

「はい」

どこか緊張しながら、用意した材料を重ねていく。考え考え慎重に。だけど冷たいものなので、あまり時間をかけるわけにもいかない。

マンゴージュースと牛乳をゼラチンで固めたマンゴープリンもどき。グラノーラ。どれくらいがいい？　自問自答しながら。

バニラアイスを冷凍庫から取り出す。

「あっ。アイスはちゃんと丸くしたかったのに、あれないですよね。あれ」

「スクーパー？　ありますよ」

町田さんは敏腕執事のように素早く反応し、取り出したスクーパーを水で濡らして手渡してきた。

アイスの上から生クリームを載せると、すでにグラスのふちからはみ出してしまった。それでもマンゴーはたっぷり載せたいので、無理に盛るといくつか滑り落ちた。

「できました！」

不格好ながらも完成したパフェを眺めると、ときめきがあふれだしてきた。自分で選んだ美しいグラスに、えり抜きの食材たちが高く積み重なっているさまは壮観だった。

丁寧に積み重ねてきた、私の好きなものたち。

「すごーい。カフェみたい」

浮かれた態度で写真を撮っているとふと気恥ずかしくなり、

「完璧には遠そうだけど」

自虐的に言いながらテーブルに運んだ。

「真琴さんにとっての完璧、ですよ」

町田さんは訂正し、私の向かいに腰かけると、にこにこと見つめてきた。

「見られてるとプレッシャーですか？」

「別にいいですよ」

芸術的に細く長く伸びるスプーンを手に取る。

ドキドキしながらパフェグラスにスプーンを差し込み、最初のひとすくいを口に入れた。


「どっか行くの？」

急に背後から声をかけられ、びくっとして手元が狂った。

腹立たしい気持ちで、まぶたについてしまったマスカラをティッシュで拭く。

時短で乾かせるボブヘア、量販店で買った体型を拾わないシルエットのカットソーは汚れても目立たないネイビーのボーダー。鏡に映った、量産母型ロボットのような女の眉間に不機嫌そうな皺ができる。洗面台の鏡に映った私の後ろに、寝起きでひどい顔をした夫が現れた。

私も老けたけど、夫も老けた。深くなった目尻の皺は、年を重ねた色気を感じて嫌いじゃない。だけど今はなんともうらぶれて見えた。

土曜日の朝。子供達はまだ寝ている。

「言ったじゃない。今日は朝から出かけるって」

「そうなの？　聞いてないよ」

「また？　なんでいつもちゃんと聞いてないの」

「口頭だけじゃなくて書いといてよ、忘れるし」

「なんでそこまでしなきゃいけないの」

またか、と思う。なんで思惑と違う方向にズレていくんだろう。もう、忘れっぽいなあと笑い合って済ませられたはずなのに。いつの間にこんなふうになってしまったんだろう。

「俺、本当は今日午後から映画観にいきたかったんだけど」

「それこそ聞いてないよ」

「だって真琴、いつもカリカリしてて言いづらかったというかさ」

「私のせいなの？」

声が尖る。夫がため息をつく。

「でも今日は体調悪いから、やっぱり家で休むよ」

「………」

何が言いたいんだろう。私に出かけるなってこと？

「私、いた方がいい？」

口に出したとたん、「違う」という気持ちが胸の中で転がり出した。苛立ちと怒りと悲しみをくっつけてどんどん大きくなっていく。

「できれば。その予定って、どうしても行かなきゃだめなの？」

その言葉が夫から放たれたとたん、ストッパーがかちりと外れた。胸の中で大きくなった玉が暴走し、目の前の人間に向かっていく。

「私は体調悪くても家事育児やってるよね？　家庭を回していく仕事は休めないからだよ。自分は何なの？　簡単に体調崩してさ。のんきに寝てられるなんていいよね」

止まらない。止めたいのか止めたくないのか、自分でもわからないまま大声を出す。

「私は家政婦でも雑用係でもないんだよ！」

「……もういいよ。行ってくれば」

立ち去ろうとする夫の背中に、

「そんなふうに言われて行けるわけないでしょ！」

「じゃあどうしろって言うんだよ」

気にしないで行ってきてよと、気持ちよく送り出してほしかった。大事な予定なんだねと、言ってほしかった。さんざん大声を出しておきながら、なぜかその一言は出てこない。

言ってわかってもらえなかった時のことが、怖い。

寝室の引き戸が開く音がした。子供達が起きたらしい。子供にケンカしている姿を見せるわけにいかないので、終わりにするしかなかった。何も解決しないまま、また大きな「違う」が積み重なっていく。

凶暴的に投げやりな気持ちが湧いてくる。突然ハンバーグのたねを壁に叩きつけたくなった時と、同じ。

「ねえ、もう家なんて買うのやめよ。あなたと一緒にローン背負う気になれない。この先もし離婚したりしたら処理も面倒になるし」

「……そうだな。やめようか」

自分で言い出したくせに、夫があっさりそう答えて背を向けたことにショックを受ける。

寝室へ行く夫と入れ替わりに、海斗と蒼太が「ママー」とこちらへやって来た。

ぼんやりしたまま玄関に向かう。すぐ出かけられるように用意しておいたカバンから携帯電話を取りだし、町田さんにショートメッセージを送る（町田さんはガラケーしか持っていない）。

『すみません、家族が体調悪く今日行けなくなりました。今後も行けるかどうかわかりません。もうパフェ作りはあきらめます』


やっぱり、「あんなこと」は最初からやめておけばよかったのだ。

自分だけのために、労力をかけてパフェを作るなんてバカなこと。仕事をして、小さな子供が二人いるのに。なまじ楽しみにしてしまったから、予定がだめになりそうになったときに夫にも腹を立ててしまったのだ。

午後一時過ぎ。テレビを見ながらソファで寝入ってしまった海斗と蒼太の寝顔を見ながら、私はずっとぼんやりしていた。気力がごっそり抜け落ちてしまい、動けない。

夫はお昼も食べず、ずっと寝室から出てこないままだった。本当に具合が悪いのかもしれない。気遣う言葉ひとつかけられなかった自分への嫌悪感と、寝ていられる夫への腹立ちが入り交じる。

何もかも、台無しにしてしまった。どうしてあんなことを言ってしまったんだろう。丁寧に積み重ねてきたものを、全部自分で壊すようなことを――

「違う」

急に独り言が出て、自分でびっくりした。

――違うんですね。

町田さんのくり返す声が、耳によみがえる。

先週、町田さんのキッチンで完成させたパフェを一口食べた時。それがパフェ（完璧）じゃないことがすぐにわかってしまったのだ。

そんなはずはない。あんなに時間と労力とお金をかけて、ものすごく考えながら丁寧に作ったのに。どうにかして、これを正解だと思いたかった。なのに、食べ進めるほどに失望がつのった。「……違う」とつぶやく私に町田さんは、

「違うんですね。だったらまた、やり直せばいいですよ」

明るく言った。

「なんで？　どこから間違ったの？　どこからやり直せばいいの？」

ほとんど泣きそうになっていた私を見て町田さんは、

「パフェを前にそんな顔してる人初めて見ました。真琴さん深刻すぎ。あー苦しい」

大笑いしていた。

ダイニングテーブルの上にあった携帯電話をつかむと、玄関でサンダルをつっかけて外に飛

び出した。むっとした熱気が体を包む。非常階段まで行くと、日差しに当たって一瞬で溶けそうな気がした。

町田さんは、すぐに電話に出た。

「違うんです」

開口一番にそう言うと、涙があふれてきた。私が泣いている間、町田さんは黙っていた。

「違う。違うの」

「何が違うんですか？　真琴さん」

「マンゴーが違う。九年前に宮古島《みやこじま》で食べたマンゴーがいいの。あのマンゴーじゃないと嫌」

最初に、あのマンゴーから始めたかった。そうすればきっとズレなかったのに。積み重ねるほどズレが大きくなっていくこともなかったのに。

一番大事なところをなおざりにしてしまったら、間違うのは当たり前だということに今さら気づいた。

「じゃあ今から宮古島に行きましょう」

「はい？」

町田さんがあまりにあっさり言ったので、しばらく意味がつかめなかった。

「何言ってるんですか」

唐突すぎる提案に、混乱する。さらに言葉を重ねようとする私に、町田さんが静かに問いを発した。

「真琴さんは、九年前に食べたマンゴーでパフェを完成させたいですか?」


夢の中で、潮騒の音がひびいていた。

真っ白い光の中に、だんだんと天井や壁が姿を現してくる。目を覚ましてもまだ、波音は聞こえてくる。海からは離れているはずなのに、と不思議に思ってカーテンを開けると、サトウキビ畑のサトウキビが、風に吹かれて鳴っている音だった。

建築は初心者だったというオーナーが、基礎から手作りした一棟貸しの宿。ただの箱と言っていいほどそっけない建物で、一棟とは言っても広めのワンルームくらいの大きさだ。内装もシンプルというよりは殺風景寄りで、ベッドやカップボードだって安物だ。それなのに、周りの環境のおかげか、天井が高くて窓が多いせいか、不思議と体に風が通るような気持ちよさがあった。合板のちゃぶ台が置いてあるリビングスペースは、琉球畳になっていた。窓から入ってくる風に青い匂いがまじり、サトウキビの葉か畳のい草かどちらの匂いだろう、と思う。

昨夜スーパーで買ったおにぎりをフライパンで焼いただけの朝ごはんを食べていると、町田さんがやってきた。青色のノースリーブに短パン、ビーサンという軽やかな格好だった。

「真琴さんおはようございます!」

遮るもののない空とサトウキビ畑を背景にした町田さんは、地面から生えてきたように自然だった。そういえば、高級スーパーにいても浮いた感じはしなかったなと思い出す。あくの強い風貌なのに、どんな場所に置いても不思議となじむ人だ。

レンタカーを運転しながら町田さんは、昨夜は旧知の仲である宿のオーナーとしこたま飲んだのだと楽しそうに話した。私は聞き流しながら、窓の外を流れる景色を眺めていた。

コンビニや量販店、リゾートマンション。余計なものが増えた。記憶にある姿となんだか違う、と裏切られたような気持ちになるのも勝手な話かもしれない。それでもやっぱり海と空の色は、目が新しくなったような錯覚を起こすほど美しいし、少し車で走るだけで変わらない景色に出会うこともできた。

ハネムーンで訪れた地に、九年後に一人で来ることになるなんて。

隣で喋っている町田さんの存在を完全に除外して、私は感傷的になった。


「マンゴーならもう終わったよ」

眉毛の濃いおじさんがのんびりと言った。

「え？　終わった？」

寝耳に水の言葉に驚いて聞き返す。

「マンゴー農園はたくさんありますからね。宿から近い順に回りましょう」と町田さんが言う通り、一番近くにあった（といっても十五キロは走った）農園を訪れていた。

観光用の見学や直売所はやっていない普通の農園だったのでわかりやすい看板などはなく、探し当てるのに手間取った。

「沖縄は暖かいから一年中栽培してるんだと思ってました……」

私が呆然とつぶやくと、農園主のおじさんは呆れたように笑った。

「マンゴーは六月から七月さあ。七月ももうすぐ終わりだし、昨日最後の出荷が終わったところだよ」

二番目に訪れた農園も同じだった。こちらはもっと早く収穫を終えてしまったという。

「ここまで来て、こんなオチ……」

車に戻り、冷房で汗が冷えて来たとたんに「何をやってるんだろう」という気持ちが押し寄せてきた。見ないようにしてきた、家に残してきた家族のことが重くのしかかってくる。

一切の手続きをすっ飛ばして、昨日家を後にしたのだ。

これまで、何かの用事で家を空ける時はいつも家事を済ませ、料理の作り置きをし、いろんな場面を想定して備え、夫にメモを残していた。それでも何か抜けがあるんじゃないかと、外出先で必ず不安になったものだった。

それが今回は、十分でボストンバッグに着替えを詰め込み、家族に何も言わずただ家を出たのだ。空港へ向かうバスの中で「二、三日宮古島に行きます。家と子供のことは任せました」とラインをしたきり、夫からの返信も見ていないし電話にも出ていない。

どうしてあんな勢いがついたのか、我ながら不可解だった。

「真琴さんは、九年前に食べたマンゴーでパフェを完成させたいですか?」

町田さんの問いかけにイエスと答えた、それだけだ。その返事だけが自分をこんなところへ運んできたのだ。

会社には明日、「親戚に不幸があったので休みます」と連絡を入れればよいだろう。

拍子抜けするほど簡単なことだった。二度の産休を挟んだ七年間、子供達の急な熱や様々な問題をなんとかくぐり抜け、周りへの申し訳なさを常に抱えながら、ほとんど休まないよう必死でやってきたというのに。

ちゃんと栄養バランスのいいものを食べているだろうか。お菓子ばかり食べていないか。夫は子供達がけがをしないようちゃんと見ているか。海斗は明後日の終業式にちゃんと行けるだろうか。悪い想像ばかり押し寄せてくる。

「すぐ帰った方がいいかな……」

「どうしてですか?」

「だって、私がいないとどんなひどいことになってるか」

体調が悪い夫はもう限界が来ているかもしれない。怒って離婚を切り出すかもしれない。義父母はどう思うか……。

「真琴さんの家って、留守中に銃撃に遭うような危険な地域にあるんですか? 敵のいるゾーンを抜けないと食料も水も確保できない状況なんですか?」

「普通の住宅街だし、食料の買い置きもあります」

「良かった。どんなひどいことって言うからてっきり」

町田さんが胸をなでおろす。

「夫さんの方は家を空けたことはないんですか?」

「え？　ありますよ。出張で二泊くらいすること」

「その時、夫さんも、真琴さんみたいにやったり考えたりするんですか？」

「まさか。夫はただ」

ただ家を出るだけです。

そう口に出して、にわかに悪夢から覚めたような気分になる。

「じゃあ、同じ事をしただけじゃないですか。だから夫さんも同じ事ができますよ。真琴さんと同じ大人で親なんですから」

「でも夫は料理が苦手で」

「では生のゴボウでもかじってればいいんです」

「だからなんでわざわざゴボウなんですか」

そんなことを言っているうちに町田さんは、お気に入りだというジェラート屋の前に車を停め、店内で島の素材を使った絶品のジェラートを食べているうちに話はうやむやになった。

「マンゴーってもう時期が終わったんですよね？　ジェラートだと冷凍保存できるから関係ないんですか」

マンゴージェラートがあるのを目にして、何気なく店員の若い女性に話しかけた。そんなことをしたのは久しぶりだった。いつも買い物や外食をする時は、子供達への対応にぴりぴりしてそんな余裕はなかったから。

「品種によりますよ。アップルマンゴーはそろそろ終わりだけど、それでもうちの取引先の農園はまだあります。冷凍とはいえ、毎日作りたてを並べてるんですよ」

日焼けして化粧気のない彼女が、はきはきとした口調で答えてくれる。

「そうなんですか？　その農園の場所教えて下さい！」

勢いづいて尋ねた私に、店員さんは面くらいながらも丁寧に地図上の場所と行き方を教えてくれたのだった。


「アーウィン種、いわゆるアップルマンゴー。ほとんどの農家が作ってるのはこれだよね。うちは他と違って人工的に加温してないし、自然に落下するのを待つから時期は後倒しになることが多いんだよ。虫除けも農薬使わずに、黒糖とか海水を使った手作りのスプレーでやってるんだから。レシピは企業秘密だけどね」

温室を案内しながら、農園主のおじさんは得意顔で喋っている。

「……マンゴーの木って、椰子《やし》の木みたいに高いのかと思ってました」

尖った葉を四方に繁らせたマンゴーの木々は、胸までの高さしかなかった。

温室の中は、熟したマンゴーのセクシーな香りが満ちあふれている。収穫のために袋を外されたアップルマンゴーたち。引き締まったフォルムに上品な薄紅色をした姿は、女王様と形容するにふさわしい。

ジェラート屋さんで教えてもらった農園は、宿のほぼ対極の場所にあり、小一時間のドライブを経てたどり着いた。周りには民家もない鄙《ひな》びた場所だ。

農園を経営するご家族は、びっくりするほど親切だった。有料の見学ツアーなみの丁寧な案内をしてくれて、試食までさせてくれたのだ。

「美味しい……」

四角くカットされた一切れを口に入れると、うっとりするような香りと汁気たっぷりの甘みが全身に行き渡った。なんというか、生命力がある。産地で食べるものはやっぱり別物だ。もちろんマンゴーそのものの味も違うけれど、この場で食べるからよりダイレクトに味を感じるのだと思った。

これは九年前に感動した味だろうか。そう言われればそんな気もする。だけど、あと少しのところで確信が持てない気もした。

「よかったらこっちもどうぞ」

農園主の妻とおぼしき女性が、別の小皿を持ってやって来た。

こんな高級フルーツを、たくさん試食してしまっていいのか。恐縮しながらもお礼を言ってありがたく頂き、一切れを口に入れた。

それから数秒のあいだ、私は静止画のようになっていたと思う。

だけど内側では、すごいことが起こっていた。たくさんの色や香りや音楽、言葉、身体感覚、映像が同時に点滅して騒ぎ、あの頃の感情が波のように今を覆っていく。

まだ妻という呼び名が体になじんでいなかった、母という呼び名は知りもしなかったあの頃。夫は夫でも「パパ」でもなく「マサくん」で、スーツケースを軽々と持ち上げる腕に浮かぶ筋肉の筋が好ましくて、目が合う回数が今の百倍はあったあの頃。

「このマンゴーって……？」

農園主のおじさんに問うと、

「ああ、キーツマンゴーね。これは今からが旬なの。あっちで作ってるよ」

おじさんの後をついて、ぼんやりと隣の温室へと入っていく。

一瞬、どこにマンゴーが生《な》っているのかわからなかった。

生い茂る低木に実る果実たちは、女王どころか果物にも見えない地味な緑色で、全く目立たなかったのだ。道ばたに生えていたら素通りしていただろう。この香りに気づいて、出所を探すことをしなければ。

温室の隅の方に目をやると、姿が見えないなと思っていた町田さんが、なぜか従業員に混じって談笑しながら袋掛けの作業をしていた。


私はドラゴンフルーツのシェイクと、島バナナのチーズケーキを食べていた。

そのチョイスをするまでにたっぷり十分は迷ったけれど、早く決めなきゃと焦ったりしなかったし、「まだ？」と苛立たれることもなかった。

どれにしようか迷うことそのものが楽しかった。決められる自由を持っていることが、嬉しかった。そこは屋根があるだけの半屋外のカフェで、その時客は私たち二人だけだった。地面にはこまかい白砂がしきつめられていてサンダルがやわらかく沈み、思わず裸足になりたくなった。ところどころに植えられた亜熱帯の植物たちが、ガーデンという言葉にはおさまりきらない勢いで葉を繁らせていた。

チーズケーキは島バナナの香り高さが閉じ込められていて、底に敷かれた焦がしバターの味がする生地とよく合った。ドラゴンフルーツそのものは薄甘いだけであまり特徴がない味だけど、シェイクはレモンでうまく風味づけがしてあり、紫がかったマゼンタの色合いを目にするだけで元気が出た。

どちらも美味しくて、「これにしてよかった」とにこにこしながら顔を上げると、アイスコーヒーを飲んでいるマサくんと目が合った。

甘い物が苦手なマサくんには、全く興味のない時間だったはずだ。それなのにその目には、尊いものを見るような光があった。献上した品を喜ぶ女王を見るような、甘い物が私をにここさせていることにすごく価値があると思っているような、そんな目だった。

それから、メニューにあったマンゴーパフェがもう終了してしまっているのが残念だとか、宮古島に来たのにまだマンゴー食べてないね、ちょっと時期が遅かったんだねとか、話していた気がする。

無人市場でマンゴーを見つけたのは、その夜のことだった。

「外見がどんなだったか、覚えてなかったんですね。キーツマンゴーは珍しいから覚えてても よさそうなのに」

農園から宿への帰り道。運転しながら、町田さんが言う。

「たぶん、見つけたのが夜だったからあんまり色の印象がなかったんだと思います。昼間の道ばたで食べたような気がしてたんだけど、記憶違いだったみたい」

島の太陽の光みたいな味だ、と思ったせいかもしれない。

途中、パフェの材料を買うために大型モール系列のスーパーと、再びジェラート屋さんにも寄った。今回は、買う物にまるで迷いがなかった。宿に戻って、町田さんが運んできたパフェグラスを冷やしながら準備をする間も、そうだった。

冷蔵庫の中で静かに待っているキーツマンゴーを中心に据えると、不思議なほどすべてはおだやかに、すんなりと進んだ。

農園の親切な人達がかけた力、島の光と土、マンゴーが育つ時間。島で育った牛のミルク、それを最適な形で生かすジェラート屋の店主のセンスと経験と。

私のためにここに集まってくれたものたちを、グラスの中に重ねていく。

ＤＶＤプレーヤーからは、懐かしい曲が流れていた。ボストンバッグのサイドポケットに、十年くらい入れっぱなしにしていたＣＤを発見して再生したのだ。

インディア・アリーのしゃがれた声が、軽やかに部屋を踊り回っている。

あんたのビデオに出てくる平均的な女の子じゃない
スーパーモデルみたいなナイスバディでもない

でも私は私のことが無条件に大好き
だって私は、女王だから

町田さんは、宿のオーナーに誘われて海藻採りに出かけていた。

小さなちゃぶ台の前に座り、完成したパフェとひとりで向かい合う。

華奢な真鍮のスプーンが、発光しているようなオレンジと白の中に沈む瞬間はとてもきれいだった。パフェを口に運ぶ。扇風機の回す空気が、うなじを通り抜ける。いろんな角度からスプーンを差し入れ、食べ進めていく。

グラスは汗をかき、水滴が指を濡らしていた。ＣＤはもう終わっていて、かすかな風の音だけが聞こえる。

すべてが混じり合った最後の一口を食べたとき、私はぐちゃぐちゃに泣いていた。

＊

その夜の砂浜は、信じられないほど静かな世界だった。

ゆっくり歩く私とマサくんの足のうらが砂に沈み、足跡がつく音がかすかに聞こえるくらいに。

干潮で海が後退し、ほとんど波音を立てていなかったせいだ。外灯も街灯りもなかったけれど、月の光だけでおどろくほど明るかった。

どちらからともなく並んで腰をおろし、しばらくの間、言葉もなく海を見つめていた。

「正直、ちょっと怖いんだよね」

私は手に持った果物に話しかけるように、視線を落としてつぶやいた。宿から歩いて来る途中の無人市場で見つけ、後先考えずに持ってきたマンゴーだ。

「何が?」

「だって結婚は人生の墓場とか言う人もいるでしょ。友達夫婦も全く会話がないって言うし、今はいいけどこの先うまくいかなくなったらどうしようって」

「その時は、どうすればまたうまくいくのか考えよう」

夫になりたてのマサくんが、初心者っぽい感じの答えを返してきた。

「子供生まれたら、夫への愛が冷めるっていうのもよく聞くし」

「じゃあ、どうすれば冷めないかその時考えるよ」

「何それ。今考えてよ」

「今考えても仕方ないじゃん。まだ起こってないし、起こるかもわからないこと」

「そうだけどさ」

「それより今この瞬間、月がきれいで、目の前にいるまこちゃんが大好きだっていうことを考えた方がいい」

マサくんは私の手を取り、

「これからもよろしく、妻よ」

真新しい呼び名を口にした。おろしたての靴を履いたときのような違和感があるけどきっとこれから馴染むだろう、たくさん歩いて走れば。そう思った。

「じゃあこれから、私がどんな球を投げても受け取ってくれる?」

「おう」

私は立ち上がってダッシュすると、マサくんから数メートル離れ、マンゴーを投げた。あらぬ方向に飛んだマンゴーを、マサくんは奇声を発しながら追いかけ、砂浜につくぎりぎりのところでキャッチすると勢い余ってごろごろと転がった。

その滑稽な様子に私は息が止まるほど笑い、砂浜に転がった。

そのとき不意に、一緒になって私の周りで笑い転げるちいさな影がふたつ——子供たちの姿が見えたような気がした。その一瞬の幻のようなイメージは、すっかり私を「大丈夫だ」という気持ちにさせた。

宿に帰るまで待ちきれず、その場でマンゴーを食べた。暗いし誰も見ていないからと野蛮になり、皮を歯でこそげ落としてかぶりついた。明るい太陽の光のような味でもあったし、なめらかでやさしい月の光のようでもあった。

何も足りないものはなかった。

私は完全に満ち足りた気持ちで柔らかい砂の上に寝転がり、隣にいる人と一緒に未来を待っていた。

＊

海斗がこっそり冷蔵庫からりんごを出し、皮を歯でこそげて食べていたのを発見したときはかっとなって怒鳴ったのに。

九年前と同じ砂浜で、やわらかい砂の上に一人で寝転がり、私は苦笑いした。

あんなに怒ることなかったのに。離れて思い出すのは、二人の息子の可愛い姿や、私を感動させた言動ばかりだ。

誰よりも私自身が、私を大切にしてこなかったのだ。

今日完成させたパフェを食べ終わったとき、それがはっきりとわかった。「違う」ことを自分でやり続けて、「違う」と怒り狂っていたのだ。自覚することも、きちんと伝えることもしないまま。

黒い液体のような夜の海。広大な空。その間に私は今、ひとりでいる。

ひとりだ、とくっきりと思った。

元々ひとりだった私の横に、マサくんが現れて、それから海斗が、蒼太が、現れた。この九年で。これから同じくらい年月が経てば、ひとり、またひとりと去っていく。去るなら良いが、消えてしまうことだってありうる。最後にまた、私はひとりになる。四人のシフトが重なる時間はほんのわずかなのだ。

グラスの中で重なったものたちが作り出す、完璧な調和。ほんのひとときの奇跡。

今の私で家に帰れば、やり直せるだろうか。それともまた、失望することになるのだろうか。もう遅すぎるだろうか。

どうして私たちは、大切なことから真っ先に忘れるようにできているのだろう。

そのとき、ポケットの中の携帯電話が鳴った。

画面には「マサくん」と表示されている。心臓がわけもなく軋み出す。

「……もしもし」

「まこちゃん、今どこ」

久しぶりに名前を呼ばれたなあと、そんなことを考える。

「宮古島だけど」

「宮古島のどこ」

「どこって……」

困惑しながら、砂浜の名前を告げる。

「すごいな、俺」

誇らしげなマサくんの声に、さらに困惑した。

「何が」

「どんな変化球でも受けるって、言ったじゃん」

電話の向こうで、子供たちの騒ぐ声が聞こえる。だんだんとそれが大きくなり、こだまするように二重になった。

電話を当てていない方の耳に声が聞こえていることに気づく。

振り返ると、薄闇の向こうから小さな人影が二つ、こちらに走ってくるのが見えた。

「ママー、あのねえ飛行機がねえ、はじめてでねえ」「ママ家出したの？」「パパがおいしいラーメンつくってねえ」「ハネムーンって何？」「そうちゃんね、ジュースかってもらったの」

海斗と蒼太は同時多発的に喋った。マサくんの運転するレンタカーで宿に荷物を取りにいき、マサくんが予約したホテルにチェックインし、お風呂に入れて寝かしつけるまで子供たちの興奮はおさまらず、ほぼ休むことなく喋り続けた。

誰もゾンビに食い荒らされていたりしなかった。海斗も蒼太もいつもと何一つ変わらず元気で、マサくんも想像の中の憔悴しきった姿とはまるで違って、どこかすっきりした顔すらしていた。

「私がいない方が良かったんじゃない？」

思わず嫌味を言うと、

「まさか。この二日間、丸腰で戦場にいる感じだったよ」

マサくんはいきなり疲れた顔になった。

「でも腹くくって乗り越えられたから自信になったし、海斗と蒼太とも連帯感ができて楽しくもありました。まこちゃんにいつもめちゃくちゃ助けられてることがわかって、改めて感謝の気持ちが湧いたし課題も見えてきました」

「何なのよ、そのプロジェクトの経過報告みたいなノリ」

ホテルのバルコニーに並んで座り、オリオンビールを飲みながら長い間二人で話した。話せば話すほど、ゾンビがどんどん消滅していく。

一人で何と戦ってたんだろう。ヘッドセットをつけて、バーチャルなゾンビと戦っていた。一番近くにいる人もちゃんと見えず、敵認定してしまっていたのだ。

「この数ヵ月ずっと悩んできたんだけど」

ベッドに移動し、そろそろ二人とも眠気で黙りがちになってきたころ、マサくんが、意を決したように口を開いた。

「実は会社、辞めようと思ってる」

「えっ?」

職場の人間関係のトラブルでずっとストレスを抱えていたこと、やりたいことと食い違っていてこのままでいいのか悩んできたことをマサくんは一気に喋った。

「転職先の目処《めど》はいくつかあるんだけどどうなるかわからないし、家建てる話はいったん保留……というか白紙にしてほしい」

「……もっと早く言ってくれたらよかったのに」

「簡単に言えないよ。まこちゃんがどれだけ嘆き悲しんで怒り狂うかと思うと」

「違う。怒るとしたら悩んでるのを何も話してくれなかったことだし、悲しかったのはマサくんが家のことに全く興味がなさそうだったことだよ」

「興味なくなんか、ないよ」

「うそだ。全部私が進めてきて、マサくんはどうしたいとか何も言わなかった」

「だってまこちゃんがどうしたいかが、一番大事だから」

予期しない言葉に、私は絶句した。

「まこちゃんがしたいようにして、楽しそうに笑ってくれてることが一番だから。俺にとっても、子供らにとってもさ」

そのとき、私の携帯電話が音を立てた。

涙がこぼれ落ちそうな顔を隠そうと、うつむいて携帯電話の画面を開く。昼からずっと姿を見なかった町田さんからのショートメッセージだった。

『おいしい塩を探すために波照間島《はてるまじま》に来ました』

塩なんか今はどうでもいい。私は携帯電話を再びサイドテーブルに放り出すと、無言でぎこちなくマサくんとの距離を詰める。二人とも、後ろめたいことをしているように目を合わせなかった。

久しぶりすぎて、どうやっていたのか思い出せない。昔のファミコンゲームのような、解像度の粗い不自然な動きで抱きつく。手を回した彼の背中は、九年前より肉がついていた。

子供達のために滞在を一日延ばし、翌日は海で泳いだりカヤック体験をしたりして遊んだ。

海斗の終業式は休むことになったけれど、それよりも今家族でこの場所にいることが大切だと思えた。

島の北側にあるカフェに行った帰り、私のリクエストであのマンゴー農園に寄った。「マンゴーの木オーナー」制度に申し込むためだった。

「この一本の木が、うちの家族の木になるんだよ。ここの農園の人たちが代わりに育ててくれるの」

海斗と蒼太に説明すると、「すげー」と目を輝かせていた。

家族の木に実るマンゴーが、収穫の時期になると届けられることになっているのだ。また日々が不本意な積み重なり方をしてしまっていたとしても、忘れかけたころにこの島からのリマインダーが届く。

「ママが泊まってたとこがいい」と子供達がせがむので、その日は一棟貸しの宿にみんなで泊まった。

翌朝の朝ごはんは、海斗が作ると言い張ったので任せることにした。

楽でいいねえと言い合いながら、マサくんとベッドでだらだらしていたのだが、いつまで待ってもできあがらない。待ちくたびれたのと空腹とで、蒼太はぐずりだし大人二人は無口になった。

一時間半かけてやっと海斗が完成させた朝食は、こげたトースト（なぜか三枚しかない）、やたらと細かく切り刻んだキュウリにたっぷり塩をかけたもの、ヨーグルト一パックに、お土産用に買った高級なマンゴージャムをまるごと一瓶加えたものだった。

四人で小さなちゃぶ台を囲んで、朝ごはんを食べる。

蒼太が、ヨーグルトを盛大にこぼしながらも一生懸命四つの器に取り分けてくれた。焦げた部分をこそげ落としながらさめたトーストをかじり、塩辛いキュウリを食べる。気分の上がらない朝食に向かい合う自分を鼓舞するかのように、マサくんはやけに明るくふるまっていた。

「うむ、キュウリの切り方にオリジナリティがある」

「おせんべいみたいなカリカリ食感が、食パンの新たな可能性を引き出しているね」

私とマサくんは苦心してほめ言葉をひねり出した。

そんな親心も知らずに海斗は、

「完璧な朝ごはんだ。だって僕が作ったから」

と、ひとりで悦に入っていたのだった。

第三話　肉を焼く

人の気配を感じて、目が覚めた。

夜明けの光が入り込みはじめた部屋の中。天井の木目がうっすらと見える。夜の間に気温がかなり下がったらしく、布団から出ていた手のひらが冷えている。

まだ薄暗いその部屋の中を、大きな銃を抱えた男が足音を忍ばせて横切っていた。

「あの」

声をかけると、

「うわあっ」

男は驚いて銃を取り落としそうになった。

「びっくりした。起きてたんだ。てか、起こしちゃったかな。ごめん、まひるちゃん」

「ましろです」

名前を覚えられていないことにむっとしたが、寝起きでぼんやりした私の方も彼の名前をど忘れしていた。

上半身を起こす。パジャマから嗅ぎ慣れない枯れ葉のような匂いがする。色あせたカーキのスウェットだ。男物だけど、サイズがちょうどいい。彼が小柄なせいだろう。

どうして私は、とっさに名前も思い出せない、銃を持った男の服を着てこんなところに寝ているんだっけ。

昨日までのことを思いだそうとすると、軽く頭痛がした。

*

一週間ほど前。高校時代の仲良しグループの飲み会に参加したのが始まりだった。

高校を卒業してから、毎年一回か二回集まるのが恒例になっていた。夫の転勤で遠くに越して来れなくなる子がいたり、出産や育児で一時期姿を消した子がいても、みんなが三十五歳になる今まで続いてきたのは、マメに幹事をしてくれる真琴という子のおかげだった。

だけど私はここ二年近く、足が遠のくようになっていた。

共通で盛り上がれる話題を探すのが億劫なのだ。子持ちの一派が、離乳食がどうの習い事がどうのと話していると独身組は発言の機会がなくなるし、興味がない子供の写真を見せられてコメントを求められるのはちょっとした苦行だ。働いている子同士が仕事の愚痴を言い合っていると、専業主婦の子たちが遠巻きにワイドショーを見ているような態度になる。同じ独身同士でも収入が違えば、使うコスメも旅行の行き先も変わるので、話題に気を遣う。

結果、初対面同士のような表面的な薄い会話だけで終わってしまったり、誰かの白けた顔や苛立ちを隠した表情を目にすることになる。

高校生の頃は、どうでもいいことであんなに笑っていられたのに。結局、もうあの頃には二度と戻れないんだと確認するために来るようなものだった。

だけどあの日、久々に都合をつけて行く気になったのは、幹事の真琴とのメッセージのやりとりで出てきた、不可思議な言葉のせいだった。

「意味わかんなかったんだけどあれ何？」

全員が揃うのを待つ間、隣の席にいた真琴に訊くと、「だよね。意味わかんないよね」と手を叩いて笑った。その顔は、高校生の頃に戻ったようになんだか若返っていた。

前回会った時は「仕事と家庭ぎりぎりで回しててほんときつい」と澱《よど》んだ顔をしていて、口を開けば愚痴ばかりだったのに。そういえば真琴は元々笑い上戸《じょうご》で、昔はつまらないギャグに真琴一人だけが大笑いしていたことを思い出す。

ラインでのやりとりで近況を聞いた時。真琴は「相変わらずタスクが多くてバタバタはしてるけど」と前置きした後、こう送ってきたのだ。

——自分でパフェを作れるようになったから、人生変わったよ。

「私もうまく説明できないんだけど、料理を通じて自分を取り戻すみたいな、そういうことを教えてる人がいて。そこに行ってすごく良かったんだよね」

「料理教室ってこと？」

「っていうわけじゃないんだけど……」

そのとき「ごめん、待たせた！」と遅れて沙樹《さき》がやって来て注目がそちらへ行き、その話は途切れた。

「ましろが眩しいわ」

一杯目のドリンクが来るのを待っている間、斜め前にいた留美子《るみこ》が、にわかに話しかけてきた。

「その白シャツもネックレスも輝いてるね」

ありがと、と軽く返しながらまんざらでもない気分になる。白いシャツは好きでたくさん持っているけれど、今日は特にお気に入りの高価なやつを着ていた。仕事に着て行っても違和感がないけど、二連の長いネックレスをつけるだけで一気にドレッシーな外出仕様になるところも気に入っていた。ボタン位置などの細かなディテールが考え抜かれている。そういうことを話そうと、

「そうなの、このシャツってさ――」

気分良く口を開いたとたんに、

「うちらみたいに子供がいると白ってなかなか着れないよね」

留美子が真琴に話しかけた。

「そうそう、汚い手で触られたり鼻水つけられたりしてすぐ汚れるよね」

「こういう長いネックレスも無理だよねー。絶対引っ張られるし、抱っこのジャマになるしさ」

二人だけで盛り上がり始めて、私の話は行き場を失った。

「とりあえずさ、みんな揃ったから乾杯しようよ」

軽い失意をまぎらわそうと、グラスを持って声を張り上げる。「ましろが仕切るこの感じ、なんか懐かしいわ」「ましろの声ってさ、言うこときかなきゃいけない気になるよね」と、向こうで舞子《まいこ》と沙樹が話すのが耳にはいった。

グラスを打ち合わせる音とにぎやかな声が次々に弾ける。ひととおりおさまったころには、私はすでにジョッキを半分以上空けていた。

十月下旬になり肌寒くなってきたけれど、室内で飲む生ビールはやっぱりいい。疲れが一気に軽くなった気がして、すぐに二杯目をオーダーした。

そのビストロは大衆的な雰囲気だけど料理の質は確かで、ローストビーフはとてもジューシーだった。私は食べて飲むことに専念しながらみんなの話を聞いていた。

夫の文句を言っている留美子。ならとっとと離婚すればいいのに。子供を理由にして、自分が現状に甘んじたいだけじゃない？　専業主婦なんてリスキーな道を安易に選んだ、自己責任だと思うけど。

自由人を気取ってるような沙樹。でもこの年でアルバイトってどうなの？　一人で気楽に生きるにはもっと収入のこと考えないと、みじめな老後になっちゃうんじゃないの。

選択的子ナシで、夫婦二人の生活を楽しんでいる舞子。いいとこ取りって気はするけど、一番賢い選択かも。でも、お互いの実家や周りから詮索されて面倒そうだし、社会的には無責任だよね。

正社員の仕事と子供二人、理解のある夫。一番いいアイテム揃えて突っ込まれるところがなさそうな真琴も、夫が仕事辞めたのか。それにしても、タスク増えて大変になるのわかってて子供増やすのって不可解。

劣等感や敗北感の色と、優越感や安心感の色が絶え間なくポタポタと心の画用紙に垂らされ、入り交じる。その複雑な抽象画をいつも、欲しくもない土産《みやげ》として家に持ち帰ることになる。

目の前に並んでいるのは、現代の同年代女性の選択肢のショーケースみたいなものだった。こんなにいろんな道があるのに、どれも結局行き止まりになりそうで選びたくない。誰のことも羨ましくなんてないのに、どうして苦しくなるのだろう？

「こないだ、ましろの働いてる病院行こうと思ったんだよね」

舞子に急に話を振られて、肉が喉に詰まりそうになった。

「来てくれても、ろくに話す時間ないよ。総合病院の混み方ってえぐいから」

「ましろが医者なんて、実際に見ないとまだ信じられない」

「メスで切ってるとこは想像できるけど。切りっぱなしで放置しそう」

真琴が自分で言った言葉に笑っている。

「内科だから切らないってば。ていうか、毎回このやりとりしてない？」

「一人だけ三年で理系コース行ったし、勉強できたもんね。出世頭だよね」

舞子がそう言うのも、お約束だ。

「そんないいもんじゃないよ。ハードワークで、ちゃんと食べる暇もないし。そうそう、最近ちゃんと自炊しなきゃと思ってさあ、簡単にできるおすすめのレシピとかあったら誰か教えてよ」

本気で訊いたわけじゃない。誰の地雷も踏まない、無難な話題として出しただけだった。それなのに留美子が、勢いづいてしゃべり出した。

「クックパッドの、つくれぽ書いたリスト送ってあげるよ。全部おすすめレシピだよ。あと最近買ったこのレシピ本も良かったし……」

スマホを出してきたので面倒になって、

「ありがと。後でチェックしてみるね。最近ファーストフードとかコンビニばっか」

切り上げるつもりで適当に口に出しただけの言葉だった。

それなのに留美子が、にわかに哀れむような目になった。

「そんなの絶対だめだって。医者の不養生ってほんとだね。食べるものはちゃんとしなきゃ！忙しくてもさ、細かく切った野菜とささみでスープ作るだけでもちゃんと栄養バランス整うんだから」

思い返してもおかしいほど、留美子の言葉に腹が立った。疲れで酔いがまわりやすかったせいもあるかもしれない。

「ちょっと言わせてもらっていい？」

留美子の顔がこわばるのもかまわず続けた。

「簡単に言うけど、野菜をスープにするどころか、買う気力すらないくらい忙しいんだよ。食べないっていう最悪の選択を避けるために、ぎりぎりの手段としてファーストフードに行ってるだけなのにさ」

頭が熱を持ったように不快だった。熱を放出するように、言葉が止まらなかった。

「自分が余裕あるからって、みんなそうだと思わないでくれる？　こっちの状況も知らないでそんなふうに否定してくるって、ちょっと違うと思うんだけど」

数秒間、みんな静まりかえった。留美子の持つチューハイグラスの中の溶けかかった氷が、下に沈むかすかな音がした。


お酒が残ったせいもあり、翌日は頭痛がして体が重かった。

そんな日に限って上司は気に障る発言をするし、長々と自説を喋る面倒な患者が来るし、ベテランの看護師は、男性医師にならば言わないような指摘を堂々としてくる。

家路につくころには、午後十時を過ぎていた。

バスを降りてから、手術室のように明るいコンビニに足を踏み入れる。

牛丼のパックと発泡酒を取ってレジに向かおうとすると、誰かに見張られているような後ろめたさに囚われて、野菜ジュースを追加した。会計の最中に、保温器の中のからあげを追加で買った。

部屋に戻ってから野菜ジュースを飲み始めたけれど、半分ほどでまずくてギブアップしてしまった。ストローを口から離したとたん、今日の嫌な出来事が次々と浮かび、最後に昨夜の留美子の言葉が浮かんだ。

私の失言による気まずい空気のあと、

「……ごめん、余計なお世話だったね」「こっちこそごめん、最近ストレス溜まってたから。やばいよねー」「でも最近さ、コンビニとかファーストフードでも健康食に力入れてるよね」

お互い急いでとりつくろい、周りも助け船を出してまた元の雰囲気に戻った。だけど、

「ましろ、ちゃんと食べる余裕もないくらい頑張っててすごいね。私には無理だわ」

留美子がぼそっと言った一言が、消化しきれない食べ物のようにまだ胃に残っている。

あの「すごいね」がほめ言葉じゃないのは明確だった。

誰もが、私の生き方や生活を批評しようと、否定するポイントを見つけようと待ち構えている気がする。私は自分の力で頑張ってここまで来たのに。毎日ぎりぎりで生きてるのに。留美子のたいしたことない一言に影響されている自分が苛立たしい。能力も努力も、私の方がよっぽど上なのに。

牛丼をかきこむと、化学調味料の味がモルヒネのように苛立ちを麻痺させてくれた。ささくれだった気持ちが落ちつき、じんわりと癒やされた気分になる。

冷蔵庫を開けた。がらんとしている。ペットボトルの水と缶ビール。最下段にあるにんじんは、ミイラになっている。料理する余裕もなく、買ってもいつもこうなってしまう。なのにま

た、新しくにんじんを買って入れる。ただのお守りのようなものだ。野菜を冷蔵庫に入れていないと、本格的にだめな気がするから。やけに明るい光が、見られたくない場所を照らしてくる気がして、乱暴に扉を閉める。

シャワーを浴び終わると、〇時前だった。疲れきっていて、早く寝たほうがいいのはわかっていた。だけど手に糊付けされたようにスマホが手放せず、メールをチェックする。

お気に入りのブランドからのメールを目にして、気分が高揚した。

狙っていたのに売り切れになっていたバッグの再販のお知らせ。素早くサイトに飛ぶと、十五万円のそのバッグをカートに入れる。ついでに他のブランドサイトを見ていると、新作のシャツが出ていたのでそれも買った。白シャツはたぶん百枚以上は持っていて、一度も着ていないものもあることが一瞬脳裏をよぎったけど、新しいものはそれだけで魅力的だった。買い物をしている数分の間、嫌なことはすべて忘れていた。

私はこうして、欲しいものを即決で手に入れることができる。シャンプーひとつ買うにも値段を気にして妥協したり、ちまちまと安物を買い集めたり、少しでも安いものを探してスーパーをはしごするなんて馬鹿げたことはしないのだ。

——留美子や桃香《ももか》みたいに。

気づくと、インスタグラムを開いていた。桃香の投稿が一番上に表示されている。彩りのいい野菜類が湯気を立てているせいろの写真と、『鶏むね肉と秋野菜のせいろ蒸し。ストックしてるオリジナルのたれ三種類でいただきます！　作業時間は十分くらいなのにバランスもいいし、ヘビロテメニュー（笑）』というコメント。その下には、『おいしそう！』『せいろってハードル高い気がしてたけどｍｏｍｏさんに背中を押されました！』など、フォロワーからのコメントがぞろぞろとぶら下がっている。

妹の桃香は昔から勉強もスポーツもだめで、何の取り柄もなかった。だけど、小柄でアイドルのように可愛かった。愛嬌があり、ポンコツなところがみんなに愛されていた。

何の志も野心もなく、短大を卒業して三年後に合コンで知り合った商社マンと結婚して専業主婦になった。今は妊娠中だ。

三年前から始めた、簡単でヘルシーな料理をアップするインスタグラムアカウントが人気を集め、一万人近いフォロワーがいる。アカウントを開設したばかりの頃に、「お姉ちゃんもフォローしてよ！」とせがまれて渋々フォローした。頻繁に投稿するせいでいつもタイムラインの上位に表示されるのが鬱陶《うっとう》しく、フォローを外したいのになんとなくタイミングが摑めずにいる。

再びメールアプリに戻ると、バッグの購入完了を知らせるメールが届いていた。

目にしたとたんに、さっきまでの高揚があっけないほど冷えていく。いつもそうだった。狙ったものを手に入れるまでは、アドレナリンが湧いて充実感がある。だけど決済した瞬間から徐々に気持ちが冷めて、実際に使うころには嬉しさはまるで残っていない。

ベッドに寝転がり、たわむれに自撮りをしてみた。自分の写真の下にコメントが並んでいるのを想像する。

「切れ長の目とぽってり大きい唇の取り合わせが好きです」「自立したいい女って感じ」「お疲れ気味かな。パックとかしないと年齢出ますよ」

すぐにバカバカしくなって写真を削除し、スマホを放り投げる。

眠ろうと目を閉じたとたん、よくわからない飢餓感に襲われた。

空腹に似ているけど、何も食べたくない。アルコール欲かなと思ったけれど、ビールを飲みたい感じでもない。またスマホに手を伸ばした。買いたいものも、すぐ思いつかない。だけど何かを取り込まないことには、この飢えは治まりそうになかった。

とっさにラインをタップし、真琴とのトークルームを開いていた。


「食べられちゃったんです」

その変わった男——町田モネは、悔しそうにつぶやいた。

「ほとんど全部ですよ。残ったのはこれだけです」

白い大きなプレートに盛り付けられたのは、葉っぱがついたままのにんじんをまるごと揚げたフライだった。横にはグリーンリーフのサラダと、全粒粉のパン。

「インスタ映えしそうですね」

桃香のフォロワーが喜びそうな一皿だ。

私のお世辞にもかかわらず、町田は浮かない顔のまま、しめやかに窓辺へと歩いていく。

大きな窓を開けると、

「ひどいよ！　人の畑の野菜を勝手に食べるなら、僕もお前らを食べる！」

荒れた畑の向こう側に向かって叫んだ。

やばい奴だ。

町田が振り返ったとたん、私は瞬間的に身構えた。が、大声を出したことでフラストレーションが発散されたらしくその顔はすっかり平常に戻っていた。

平常心に戻るのにやや時間がかかったのはこちらの方だった。私は肝が据わっている方だと思うが、これまでの人生で接したことのない種類の人間を前にどういう態度でいればいいのか決めかねていた。大怪我以外ではまず病院に来そうにもないタイプだった。

真琴から知らされた『町田診療所』にたどり着いたのは、昼時だった。休みの日はどうしても朝起きられないので、この時間を希望したのは私だ。予約を取ろうと電話したとき、町田は、「ではお昼を用意して待ってますね」と軽やかに告げた。普通なら辞退するところだったけれど、料理教室なのでそれもレッスンのうちなのだろうと思い、お言葉に甘えることにした。

ところが顔を合わせるや否や、自家菜園の野菜が野生の鹿に食い荒らされてしまったと沈痛な面持ちで告げられたのだった。

「ごめんなさい。せっかく盛大におもてなししたかったのに」

着席した私に、町田がお茶を出してくれる。どうぞと促され、フォークを手にした。

「いえいえ十分ですよ。それにもてなされに来たんじゃなくて、教えてもらいに来たんですから」

「何をですか？」

「私医療関係者なんですけど、ご存じと思いますがすごく激務なんです。でも健康管理ができてないと、医者の不養生なんて言われてしまいますし、生産性も上がらないし……」

にんじんのフライを根元から食べる。サクサクして甘くて、悪くない。

「だから、忙しくても簡単にできて栄養バランスも取れたレシピを教えていただきたいな、と思って来たんです。ここって、プライベートレッスンができる料理教室みたいなものなんですよね？」

そう言いながら、料理する食材がないのでは？　という疑問が浮かんだ。

町田は思案顔で、しばらく黙っていた。やっぱりそうか。

「アクシデントで食材が揃わないんでしたら、今日はレシピと手順だけ教えていただくのでも構わないですよ。もしくは、私は別にオーガニックの自家栽培野菜がいいっていうこだわりはないし、今から食材を買ってきても……」

「島田《しまだ》ましろさん」

突然まっすぐにフルネームを呼ばれ、身構えた。

「……はい？」

「略してシマシロさんと呼んでもいいですか？」

「よくないです」

「そっかあ。いいニックネームだと思ったんですが」

町田は真顔で残念がる。

「では、ましろさん」

馴れ馴れしいと思ったけれど、なんとなく折衷案《せっちゅうあん》として受け入れる雰囲気になり、異議は口にしなかった。

「ましろさんはどんな食べ物が好きなんですか?」

問われて、フォークを持つ手が止まった。

「……ジャンルは特にこだわらないですけど、ナチュラルでサステナブルでヘルシーでオーガニックでアンチエイジングなもの、ですかね」

「すごい、英単語が五つも。料理名で言うと、ぱっと思いつくものって何ですか?」

「焼き肉です」

町田がまた思案顔になった。

「他に好きなのは?」

「からあげ、ローストビーフ、ハンバーグ、牛丼」

わかりました、と町田は立ち上がり、食器棚の真ん中あたりにある引き出しからファイルを取り出して戻ってきた。

「ましろさんは肉が好きなんですね。ではすごくいいレシピがあります」

「いや、普段はつい野菜や魚より肉を選んじゃうんですけど、肉ばっかりじゃやだめだなと思ったから健康的な料理を」

「これは、僕が今まで見た中で一番衝撃を受けたレシピです」

テーブルに広げられたファイルに入っていたのは、外国の雑誌の切り抜きだった。色鉛筆で描いたような素朴なイラストの下の空白に、ペンで日本語訳の書き込みがある。

『好きな動物の煮込み。作り方・ヘラジカ、うさぎ、熊、イノシシなど、あなたが好きな動物の肉を好きなように切って鍋に入れ、水と塩で煮込む』

「フィンランドの友達が送ってくれたんです」

「……レシピって言えるんですかね、これ」

「肉が好きなら、好きな動物の肉を好きなだけ食べればハッピーになれるから、細胞も元気になるし健康的ですよ」

町田はうきうきと言い、空になった皿を下げる。

「なので今から、好きな動物を獲りにいきましょう」

*

少しずつ室内が明るくなってきて、男の顔がはっきりと見えるようになった。

男というよりは、「男の子」だ。小柄で小さな顔。黒目がちな瞳でととのった目鼻立ちは、中学生の頃に好きだったアイドルグループのメンバーに似ている。年齢は二十歳をやっと過ぎたくらいにしか見えない。

実君《みのる》。

ズキズキする頭を押さえながら、ようやく彼の名前を思い出した。

昨日。町田から紹介されたときは、猟師というイメージからあまりにかけ離れていたので、思わずまじまじと見てしまったのだった。

あまりの可愛さに目がくらみ、

「ましろちゃん？　子うさぎみたいな名前だね」

普段なら引いてしまうような馴れ馴れしい事を言われたのに、まったく気にならなかった。

実君が拠点にしているこの小屋は、町田診療所から三十分ほどかかる場所にあった。『町田二号』と書かれた、原付にも見えるスクーターで二十分ほど走った別の山の麓から、十分ほど歩いて小道を分け入ったところにあった。

木を簡単に組んで建てられた、地面がむきだしの掘っ立て小屋で、大部分は屋根のみの半屋外になっている。右奥には年季の入った業務用シンクが、左奥には炭焼き用の窯が設置されていた。入り口を入ってすぐ右側に、暖簾で仕切られた建て増しのような空間があり、折りたたみベッドや棚、ちいさなテーブルが置いてある居住スペースになっていた。

薄汚れたベッドの横の壁には、アウトドア用のジャケットや帽子、タオルなんかが所狭しと吊り下げられていて、身を起こすと半身が埋もれる。昨日、「うわ、こんなところでよく寝るな」と遠巻きに見ていたこのベッドで、私は寝ていたのだった。

「ましろちゃん、大丈夫?」

透明感のある声で訊かれたとたん、昨夜の醜態を一気に思い出して血の気が引いた。

町田と私は昨日、罠猟《わな》師である実君が罠の見回りに行くのに同行した。もし動物が罠にかかっていたら、解体や精肉を手伝うかわりに肉を分けてもらうという話だった。町田は実君とは数年来の友人で、たまにそうして猟を手伝っているらしい。

近隣の山中を、実君の後をついて軽トラック(私は助手席、町田は荷台に乗った)と徒歩で回った。けれど夕方までかかって全ての罠を見回っても獲物はかかっておらず、小屋に戻って実君が食事をふるまってくれることになったのだ。

実君の自家製だという、鹿肉とイノシシの燻製。一口かじったとたん、美味しいというよりは「気持ちいい」に近い感覚が体を走った。血がざわめいて、細胞が騒ぎ出すような。野山を駆ける動物の肉を食べて沸き立つアドレナリンは、牛肉や豚肉が起こすそれよりも澄んでいて、明晰《めいせき》さをもたらすような気すらした。

練った小麦粉を伸ばして炭火で焼いた素朴なナンのようなものに、自家製ピクルスやマヨネーズとともに挟むのがまた最高に美味しかった。炭火の匂いと燻製香が相まって、なるほどこのナンだから合うのだと納得した。その辺で売ってるヤワな食パンなんかじゃこの燻製には勝てないだろう。

「赤ワインが欲しくなる」

何気なく口にすると、

「あるよ」

実君が言ったのも予想外だったけれど、出してきたのが醤油のボトルだったのも予想外だった。町田の家にある葡萄の木から収穫し、二人で手作りしたらしい。

「言っていいのかわかんないけど、お酒の醸造って法律で禁止されてなかったっけ?」

私が言うと、町田が怪訝な顔で見返してきた。あまりに怪訝だったので、間違ったことは言っていないはずなのに自分が常識外れな発言をしたような気にさせられた。

「自然にあるものとか、自分で育てたものから自分が食べるものを作ってるだけですよ。そんなこと、他の人間が禁止できるようなことじゃないですよ」

町田の言葉に、実君もうなづいた。

「でも、塩の製造すらわりと最近まで禁止されてたんだから、驚くよね。生きるのに必要不可欠なものを作るのを禁止することで、権力は人から力を奪おうとするんじゃない?」

「……お酒も必要不可欠だからね」

つい調子よく応じると、実君は「違いない」と笑いながら私にグラスを渡し、濁ったワインを注いでくれた。

二年寝かされたそれは、酸味がやや強かったけれどなんともいえない滋味があって燻製とよく合った。

合いすぎた。

調子に乗って飲み過ぎた私は、そのまま前後不覚となった。

夜中に気持ち悪くなって目が覚め、ベッドの上で吐いたのはうっすらと覚えている。おそらくは実君がそれを始末してくれたのも。吐いたもので汚れた服をどうやって着替えたのかは記憶になかった。

「ご、ごめんなさい……」

うつむいてしどろもどろに謝る。ひどい顔をしているのだろうと思うと、目を合わせられなかった。

「僕もモネ君もなんともなかったんだけど、もしかしてワインか肉が悪かったのかな」

実君の案ずるような声を、

「違う」

あわてて遮った。

「一昨日も飲み過ぎてて、胃の調子が良くなかったんです。自業自得なんだ」

言いながら自己嫌悪に陥る。学生じゃあるまいし、この年で何やってるんだろう。今日が祝日で、オンコールもない日だったことが唯一の救いだ。

軽トラックで家まで送ってくれるという実君の申し出に、私は首をふった。

「今からまた罠の見回りに行くんでしょう？　迷惑かけてばかりで申し訳ないし、私も手伝いに行かせてください」

「だけどましろちゃん、体調悪いのに」

笑うと目に光が宿って、いっそうアイドルじみていた。

私の言葉に、実君が笑う。

「本当は、獲物を何も獲らずに帰るのが悔しいからなんです」

布団をはねのけて、ベッドから降りた。伸びっぱなしの前髪もろとも髪をまとめ、高い位置で手早く結ぶ。

「今はもう大丈夫」


「あちゃー、弾かれてる」

先端が輪になっているワイヤーが、土の上に伸びている。もう一方の端は細い木に固定されていた。

「空弾き。踏まれたんだけどすぐに感づかれて、作動する前に逃げられちゃったやつ」

実君は膝をつき、足跡に顔を近づけた。

「雄鹿だね。だいぶ大きな……三歳くらいかな」

ため息まじりにつぶやく。

「そんなことまでわかるの?」

「うん、経験で」

実君は言葉少なに答えたきりだった。昨夜、私が色々と質問したから喋り疲れたのかもしれない。確か、雄鹿は三歳で自立して自分の縄張りを作るのだと聞いた。

道路脇から二、三分ほど登ったゆるやかな斜面が、一丁目の罠を仕掛けた場所だった。鹿やイノシシが踏むと作動し、ワイヤーが片脚を固定して捕まえる簡単なしかけのくくり罠。それを毎年二十丁ほど、仕掛けるのだという。下草が踏まれている場所や足跡、木の幹についた傷、イノシシが泥の中に体をこすりつけるヌタ場と呼ばれる跡。注意深く山を歩いてそれらを見つけ、動物が踏みそうな箇所を特定して罠を埋める。

広大な山々の中でそんな場所を探すのは、気が遠くなるような話に思えた。

童顔で学生にも見えるけれど、実際のところ実君は三十歳で猟歴七年だという。出身大学でチューターの仕事をしながら、秋冬の猟期は山の生活をメインに動物を獲って自家用に加工したり、炭を焼いて知り合いづてに売ったりして暮らしているらしい。

実君はしばらく無言で罠を設置し直していた。

秋の山の中は、静かだった。葉がこすれあうかすかな音。はるか上空から聞こえる飛行機の音。そんなものが時々、耳に触れるだけで。

実君が幹に罠のワイヤーを結び直すと、若木の細い幹が揺れ、黄色く色づいた葉が私の周りにひらひらと落ちてきた。

正午にさしかかる頃に、雲行きが怪しくなってきた。

雑木林にぽつぽつと雨音が響きだす。と同時に、前方を歩いていた実君の青いジャケットの背中が立ち止まった。

「あ」

追いついた私は、思わず声を上げる。

実君の視線の先には、脚にくくられたワイヤーを必死に引っ張って暴れている鹿の姿があった。黒い目が大きく見開かれ、わずかに白目の部分が見えた。

実君が機敏に動き出す。道具類を入れたザックを地面に置き、棍棒《こんぼう》のようなものを取り出した。

「どうすればいい？　指示出して」

急いで横並びになって訊く。実君の目に一瞬、意外そうな色が浮かんだけれど、すぐに消えた。

「長いこと恐怖を味わわせたくないから、まず気絶させる。そのあと前後の脚を縛って。それから下の川に下りて、絶命させる」

私にロープを手渡すと、実君は棍棒を握る。

それからはあっという間だった。間合いを計る数秒間の後、見事なタイミングで棍棒は鹿の額を捉えて振り下ろされた。鹿の体が倒れた振動がかすかに足元に伝わると同時に私は駆け寄り、前後の脚を縛る。

二人がかりで、二十メートルほど斜面を下ったところにある小川まで鹿を運んだ。私が後ろ脚を押さえ、実君が鹿の頭を膝で挟んで固定する。

無我夢中で何も感じる暇はなかった。けれど、実君が鹿の喉にナイフを入れた瞬間はさすがに眉間に力が入った。

鹿の喉に開いた赤い口のような傷が、静かに広がっていく。

小雨が降り続いていて、濡れた岩場や木の色が暗く沈み込んでいた。モノクロのような情景の中で、実君の右側に流れていく川の色を染める血の朱色、小石の上に置かれたナイフの白銀、実君のジャケットの濡れた青色がくっきりと目に訴えかけてくる。

「猟銃、持ってきたのに使わないんだ?」

朱色が消え、川の水が再び透明になったころふと思い出して訊いた。

「今年引退した知り合いの猟師にもらったんだけど、やっぱ使う気になれなかったなあ」

実君は鹿の体に向かって、目を閉じて手を合わせる。

「免許は持ってるんだけどね。命を奪うときは生身で向かい合わないと、フェアじゃない気がして」

素早く絶命させた後、すぐに血抜きし、内臓を取り出して冷やすことが肉の味を保つために必要なのだと、解体用のナイフを手にした実君が説明した。

動物が恐怖を味わう時間が長いと味が濁るし、死んで時間が経つと血が回って生臭くなる。特に膀胱《ぼうこう》と尿道は、すぐに取らないと臭いがついてしまうらしい。

仰向けにした鹿の後ろ脚を、助手の私が固定し、実君が腹を割く。持ってきたフリーザーバッグに心臓と肝臓だけを入れ、他の臓器は土に埋めた。ベージュがかったピンク色をした鹿の肺は大理石のような模様が入っていて、妙に綺麗だった。

生きてるな、この人。

雨に濡れながら真剣なまなざしでナイフをあやつる、実君の横顔を見て思う。ぴんと張った肌を雨水が珠になってつたい落ち、そのすべらかさに思わず見とれた。

空洞になった鹿の体は、冷やすために川の水の中に浸された。肋骨の白い骨組みに支えられたドームのような空洞を見ていると、思い出したように体が震えてくる。

濡れた肌で感じる十一月の空気は、今年で一番つめたかった。


「やっぱりましろさんは適材適所でした。お医者さんだし、きっと解剖が上手だと思ったんです」

私を手伝いながら、町田が得意げに言う。

実君の小屋に戻ってから、助っ人として呼ばれた町田と三人で一緒に解体作業に取りかかったところだった。

「だから切らないってば」

反射的に返してから、そういえばこの人は知らなかったなと気づく。とはいえ、大昔に実習でやった解剖を意外とよく覚えていたことに自分で驚いた。

「それにましろさんて、肉食獣っぽいし」

そう言ってきた町田を、「シャッ」と爪と牙をむき出す仕草で威嚇すると、

「きゃあ、こわーい。食べられちゃう」

町田は身を縮めておおげさに怖がった。

「鹿皮って剝ぎやすいんだよね。人間の皮はこんなに簡単に剝がれないよ。もっと往生際が悪い」

手やナイフについた毛をシンクで洗い流しながら、実君と一緒に皮を剝いでいく。私の手際の良さに感心した実君は、いったん作業を任せて火を熾《おこ》しに行った。

「そういえば、解体とかするのに免許はいらないの？」

ふと思いついて町田にきくと、

「自家用で食べるだけなら大丈夫。ましろさんも家族みたいなものなので」

誰の合意もなく勝手に決めつけた。

ほぼ一つながりの状態で皮が剝がれてしまうと、それは動物から肉の塊になった。彩度の違う桃色の水彩絵の具がぽたぽたと垂らされて混じり合ったような色合いで、特に腹の部分が綺麗な色をしている。仏教などにより肉食が禁じられていた時代は、こっそり食べるためにイノシシ肉を「ぼたん」、鹿肉を「もみじ」と隠語で呼んでいたと聞いたけれど、腹部はもみじと言うより「桜」だなと思った。

かまどに火が熾されると、小屋の中は暖かくなってきた。

シャツ一枚になり、袖をまくった実君が鉤《かぎ》のような形のナイフに持ち替える。華奢だと思っていたけれど、実君の腕は筋が太く筋肉質だった。

関節にそってばらしていった肉を、私と町田が手分けしてフリーザーバッグに詰め、部位名をマジックで書き入れていく。

全ての作業が終わった頃には、外はすっかり暗くなっていた。

「達成感あるね」

外に実君が出してくれた折りたたみチェアに、私はどさりと沈み込む。

小屋の外に熾したたき火の炎の中で枝が爆《は》ぜる音がした。実君の手で整然と積まれた枝が、ちょうどいいサイズの形のよい火を作り出している。実君が熾す火は実君に似ている、と思った。

心地よい疲れとほどよく残った興奮が、たき火の熱でほどけていく。

肉が焼けるいい匂いがしてきた。野外で肉を焼くなんて、学生時代以来かもしれない。でもバーベキューといえば夏だし、秋は初めてかも……と思ったとき、ふいに高校生の頃を思い出した。

笑いはしゃぐ女子たちの声。

「やっべー蚊に刺された！　秋なのに」「今叩いたのにふつーに飛んでった」「しぶといね、あんたみたい」「真琴だいじょうぶ？　キンカン持ってるから使わしてあげる」「やったーキンカンだー」「キンカンでそんなにテンション上がる人初めて見たんだけど」

真琴、沙樹、舞子、留美子、みんなの声も、話している内容までくっきり思い出す。秋なのになんでバーベキューしてたんだっけ。そうだ、文化祭の打ち上げで、うちの実家の庭でみんな集まったんだ。なぜか桃香もまじってた。名前は思い出せないけど、男子も何人かいた。

私たちはひたすらどうでもいいことを喋って笑いながらも、マルチタスクで抜け目なく鉄板に目を光らせ、焼き上がった肉を我先にと引っさらっていた。男子たちはその周りをうろうろして、いつも肉を奪われ、たまに頑張って摑んだかと思ったら生焼けだったりして、個体としての弱さを露呈させていた。

やけに大騒ぎしながら女子だけで炭を熾し、ただでさえ下手なメイクが汗で落ちて、首にタオルを巻いて、どばどばと焼き肉のタレをぶっかけて。私たちはみんな、ただ圧倒的な「たのしい」を共有していただけで、自分がどう見えるかなんて誰も気にしていなかった。

今同じようにバーベキューをしたら、みんな気を遣って手作りのマリネなんて持ってきたり、子供や夫に取り分けてあげるのに忙しかったりするんだろうなと思う。

そんな光景は、見たくなかった。

「ましろちゃん、どうぞ」

実君が焼いた肉を取り分けてくれて、我に返る。ロースの部分を、たき火から熾した炭を使って焼いたものだった。綺麗なロゼ色をした肉のスライスを口に入れる。

「すっごく柔らかい！　美味しい」

昨夜の燻製とはまた違って、ジューシーでしっとりと舌に吸い付くような食感だった。外側は炭の香りをまとって香ばしいのに、内側はミディアムから一歩だけレア寄りくらいの、すごく好みな火入れ加減だ。

「すごいね。どうやって焼いたの？」

「フリーザーバッグで真空にして、お湯につけて低温調理したあとにさっと表面だけ焼いたんだよ。鹿は高温で加熱すると硬くなっちゃうからね」

「へえ」

「長時間煮込むっていう手もあるよ。今、モネ君が中で鹿カレーを作る準備してる」

そう言われて気づくと、外に町田の姿はない。

「ましろちゃん家で料理する用に、もも肉持って帰る？　煮込みなら二時間以上煮ると美味しくなるよ」

私はしばらく黙り込んだ。木の葉がざわめく音と虫の声が聞こえてくる。

「……焼くだけならできるかなと思ったけど、低温調理とか二時間煮込むとかは無理」

だんだん声が低くなってくるのが自分でわかった。

「料理にかける時間なんてないの。料理なんて、インスタやクックパッドでいいねをもらうことだけが生きがいの、時間が有り余った暇な主婦がやればいい。料理だけが取り柄で、男に選ばれて喜ばせるために必死でバカみたい。私はそんなことで自分をアピールしたり自己承認欲求を満たす必要なんてないから」

山に捨てられた言葉は、残らない。インターネット上と違って、誰かがうっかり踏んで怪我をすることもない。

目の前の実君は、山と同じくらい動じない存在に見えたから、どう思われるか気にする必要もなかった。

「じゃあどうして、モネ君に料理を教えてもらいに来たの？」

「だって、どれだけ成功してても荒《すさ》んだ食生活をしてたら惨《みじ》めだと思われる。健康管理も、ヘルシーで意識が高そうな食生活を自炊でやるのも、頑張らずにさらっとできてないと勝てないから」

「ましろちゃんは勝ちたいんだね」

「そう。負けるのは一番嫌い」

そっか、と実君は笑った。

「今日一緒に作業してるときに、それはわかったよ」

実君の言葉になぜか、空っぽになった鹿の体の映像が重なる。自分の体内を透かし見られたような感じがして、無性に恥ずかしくなった。

「何に勝ちたいの？」

「え？」

実君の問いかけに意表をつかれる。

「……同世代の女性の中で、一番になりたいのかな。敵わないって思われたい」

言い終わらないうちに、頭が悪い発言に思えて恥ずかしくなった。一番って何だ。

実君はつっこむこともなく、また「そっか」と言いながら熱々の肉を取り分けてくれた。

翌週も、また次の週末も、私は実君の狩猟についていった。

三回目にして、かけた罠の場所は全部覚えたし、鹿の糞や足跡を見つけて、罠を設置するポイントを見極める事も、一シーズン続ければできるんじゃないかという気がしてきた。実際に一度、私が見当をつけたポイントを実君が選んだことがあった。

「そこだと思ったんだ！」

思わず嬉しさを前面に出して報告すると、

「すごいね、ましろちゃん。センスあるんじゃない？」

実君が素直にほめてくれたので、なおさら嬉しくなった。

もし私の設置した場所に獲物がかかったら。それに、とどめを刺すのも解体するのも自力でできるようになったら。実君はもっと感心してくれるんじゃないだろうか。

その顔が見てみたい、と思った。

いつもどこか調子が悪かった体が、山に入るようになって以来だんだん軽くなってきた。寝付きがよくなったし、体力がついたのか疲れにくくなった。

自宅の冷凍庫には、町田が作った鹿カレーや、実君の自家製鹿ミートソースを小分けしたフリーザーバッグのストックができた。レンジでチンしてご飯やパスタにかけるだけでいいので、食生活が豊かになった。たまに貧血気味でめまいがしたり虚脱感におそわれていたのも、なくなっていた。鹿肉は鉄分の宝庫なのだ。高タンパク低カロリーなのもいい。

とはいえ、私はやっぱり何かに飢えていた。まだまだ足りない、と。

「ましろちゃん、つまんなそうだね」

実君の声にはっとして、赤い釣り竿がゆれた。

大きな岩がごろごろしている渓流で、私たちは並んで釣りをしていた。実君の足元にあるバケツには、すでに川魚が三匹泳いでいる。

腰かけた岩から、しんしんと冷えが伝わってくる。厚みのある苔《こけ》がクッションになっているけれど、それでも冷たい。薄手のジャケットにかわり、軽めのダウンジャケットを着てくるような気候になっていた。

「正直、魚じゃつまんない」

「そっか、申し訳ないからせめて釣りでもと思ったんだけど」

実君のすまなそうな声に、さすがに子供っぽすぎる言い草だったと気づく。

「ごめん、そういう意味じゃないよ。実君のせいじゃないし。私の性格だから」

実君についてくるのは四回目だ。が、今日も手ぶらで帰ることになりそうだった。

最初に一緒に解体した鹿以来、まったく獲物がかからなかったのだ。

そう簡単にかかるものではない、とは聞いていた。十一月から二月の狩猟シーズンの間で、鹿は二、三頭。運が良ければイノシシが一頭獲れるかどうか、というのが実君の平均らしい。

イノシシは特に賢くて、獲るのが難しいのだ。鼻も利くので、罠の金属やワイヤーの匂いにもすぐ勘づいてしまう。だから、あらかじめ森の木の枝や葉っぱと一緒に罠を煮て匂いをつけたりと、工夫を重ねているらしい。

「ちまちましたことは性に合わないんだよね。小さい生き物をたくさん獲るより、大物のイノシシをどんと一頭、獲りたい」

「でかいヤマを踏みたいタイプなんだね」

「うん。釣りでもマグロならやりたいかも」

「そのうち熊が獲りたいって言い出しそうだね」

それから実君は、以前東北に行ったとき、師匠の猟師が獲った熊の鍋をふるまわれた話をしてくれた。

「冬眠前だから、ほとんどが脂。でもそれが全然くどくなくて、すっと溶ける甘さなんだよね。たくさん食べても全く胃もたれしなくて、次の日は体が軽くて力がじわじわみなぎってくるんだ。肉が体に与えてくれるパワーって、その動物の個体としての強さに比例するんだなって感じた。同じイノシシでも、メスとオスでは味も違うし、体の大きさとか性質、住んでる場所によって食べた後の感じも全然変わってくるんだよね」

「熊、食べたい。獲って食べたい」

私が目をぎらつかせると、実君は「やっぱりね」と笑った。

「でもあんまり意気込んでると逆に、罠にかからなかったり仕留めそこなったりするんだよ。我を消してニュートラルな状態になって、山と同化したような感覚になったときに向こうからやって来てくれることが多いかな」

「ちょっと待って。獲れないのは私がガツガツしてるからってこと?」

「かもね」

「……わかった、無になる」

それからしばらく、私たちは静かに魚がかかるのを待っていた。私は何度も実君の方をちらちら窺ってはタイミングをはかった。

切り出すまでに、ずいぶん思い切りが必要だった。

「……実君、実はちょっと相談したいことがあるんだけど」


「島田さん、話したいことって何?」

向かいに腰かけた上司は、充血した目をこちらへ向けてきた。

肌の色がどんよりと澱んでいる。実君と比べたら清流と沼くらい違うなと思う。実君は女の私でも気後れするような美肌なので、比べるのも気の毒なのだが。

「ご相談があるんです」

相談、という言葉を口にすることに抵抗を感じる。

誰かに相談したいなんて思ったことがない。自分の事は自分で決める。誰にも口出しされたくないし、的外れなアドバイスもいらないから。だけど今は立場上、そう言うしかなかった。

「実は、年度末までに退職したいと考えてるんです」

上司は黙って目を閉じ、眉間にこぶしを当ててもみほぐす仕草をした。

「急なこと言い出すね」

「急ですか？　四ヵ月ありますけど」

そう返すと、上司の目に苛立ちが走るのが見てとれて、ああまたか、と思う。

権威主義的で男性優位、年功序列の意識の強い世界の中では、私が淡々と事実を告げるだけで生意気だと思われるのだ。

ネガティブな反応をされるのはわかっていた。だからかれこれ一年近くも、踏み切れないまま停滞していたのだ。

だけど今は、昨日の実君の言葉が碇《いかり》のように胸の中にあり、ぐらぐらしないで済んだ。

「まさか寿退社じゃないよね、島田さんに限って」

「違いますが、まあ一身上の都合です」

鹿の皮を剝いだ時のことを思い出し、気を落ち着けた。こいつの皮だって、その気になれば簡単に剝げる。一枚皮を剝いたらみんなただの肉塊だ。

「海外のメディカルスクールに行って学び直したいと思っているんです。将来的に、総合内科のクリニックを開業することを視野に入れて、スキルアップのために研究留学を希望しているんです」

こんなところに留まっていたらステップアップできないので、という言葉は飲み込んだ。

「若い奴はすぐに新しいものにばかり飛びつくな。海外に行けばなんとかなると思ってるのかね。医療っていうのは地域に密着して、足元の困っている人間を地道に助けてあげるものじゃないか。開業に夢を見てるのかもしれないけどそんな甘いものじゃない。今は組織の一員として着実に業務をこなす方が……」

「川魚を釣ることを否定はしません。でも私はイノシシか熊が獲りたいので」

「え？」

上司は不可解なものを見る目をした。が、煙《けむ》に巻く効果があったようで、

「まあ、院長に相談してみるよ」

思ったよりずいぶんあっさりと事が済んだのだった。

その日一日中、体が軽かった。

若い鹿のようにいくらでも駆けられそうな気がして、誰に対してもにこやかに振る舞うことができた。

上司と話すときは碇になってくれた実君の言葉が、今度はエネルギーを与えてくれる動力として体の中にあるようだった。

昨日。私の相談に対して、実君は言ってくれたのだ。

「ましろちゃんはきっと足の速い肉食動物だから、狭い檻のなかにいられないんじゃない？思う存分走り回れる場所に行ったらいいと思うよ」

帰宅してからも疲れは感じず、私はさっそく候補に入れていたシンガポール国立大学の斡旋《あっせん》エージェントにコンタクトを取った。

本当は、国際ランキングトップ10に入るハーバードや、ニューヨークのコロンビア大学に行

きたかった。が、学費と居住費を考えるととても手が届かない。アジアで一位の大学というだけで良しとしよう、と思う。

メールの送信が終わると爽快になった。リレーで他の走者を抜かして先頭に躍り出たときのような気分だ。スキルアップのために海外に行くというだけで、少なくともぱっと思い浮かぶ高校大学の同級生や、同僚の誰よりも上だ。つまらない基準でジャッジをされる狭い世界から抜け出せる。

そのとき、着信音が鳴った。母親からだ。

たいてい忙しいのを理由に出ないのだけれど、今日は迷わずに通話マークをタップした。これからのことを報告しておこうと思ったのだ。

「もしもし？　ちょうどよかった、実はね」

「ちょっとまくしろ、聞いた？」

私の言葉にかぶせるように、母親は勢い込んで言った。

「何を、誰に」

思わず声に苛立ちが滲んでしまう。人の顔色をうかがうくせに、肝心なところで話を聞かないこういうところが苦手だと、電話が来るたびに思い知らされる。専業主婦の母親は子育てが終わって暇なのか、以前は週に二、三回電話をかけてきていた。ずっと無視し続けるのも気がとがめるので、たまに出ることもあったのだが、たいていは興味のない話を延々とされて時間を取られることに辟易するか、「桃香はいつも付き合ってくれるのに」と嫌味を言われるかで、出たことを後悔して終わる。

電話越しに母親は、矢継ぎ早に喋り続けた。その内容が頭に入ってくるにつれ、体の中心で燃えていたものがどんどん冷えていく。

「明日早いからもう切るよ」

半ば強行突破のようにして通話を終えた。

胸焼けを起こしたようにみぞおちあたりが苦しく、じっとしていられなかった。冷凍庫の扉を開ける。最後に残っていた鹿肉のしぐれ煮のフリーザーバッグを出し、レンジで解凍する。ろくに味もわからないまま、フリーザーバッグに直接箸を突っ込んで食べた。

ものすごく喉が渇いて、冷蔵庫からチューハイの缶を取り出して開ける。一気飲みすると、開いたプルトップのふちがやけに鋭く見えた。


十二月とは思えない陽気がしばらく続いていたのに、その日は朝から急激に冷え込んでいた。

実君は、珍しく少し顔色が悪かった。

寒さのせいかと思いきや、

「昨日、夕方になってから最初の罠にイノシシがかかってるのを見つけたんだよね。運悪く誰もつかまらなかったから、一人で全部やってたら徹夜になっちゃって」

「うそ！　今年初めてだよね？　悔しい！　呼んでくれたらよかったのに」

軽トラックに乗り込みながら思わず声を上げる。

「ましろちゃん、仕事だったでしょ」

「そうだけどさ」

運転中も、実君の横顔には疲れが滲んでいて、集中力が落ちている様子だった。思えば、あのときに引き返そうと提案していればよかったのだ。

そこまで気が回らなかった。気持ちの乱れをまだ引きずっていて、自分のことで頭がいっぱいだったのだ。私の方もいつもより集中できないまま、罠の見回りは半分ほどまで進んだ。

体調が悪そうなわりに、実君はふだんよりよく喋っていた。眠気を覚ますためだったのかもしれない。

お昼休憩のとき、実君が話していたのはイヌイットのハンターのことだった。昔アラスカに行った時に出会った、伝統的な猟を続けている数少ないハンターの元にしばらく逗留《とうりゅう》していたことがあるらしい。

「そのおじいちゃんの言葉を、猟期はいつも思い出すんだよね」

年季の入ったステンレスボトルの、表面についた傷を指でなぞりながら実君は言った。

「『狩る者と狩られる者、追う者と追われる者は対等であり平等だ』って」

「どういう意味?」

「最近わかってきたような気もするけど、そう思うと逃げていきそうで、僕にもまだはっきり説明できないかな」

へえ、と相づちを打ちながら頭に浮かんできたのは桃香のことだった。この数日、油断すると何でもそこに結びついてしまう。

追われているのに気づかないふりをする獲物でもあり、狩る気なんてなさそうに見せかけて狡猾《こうかつ》に獲物を狙うハンターでもある。そういう類いの女。

母親に知らされたのは、桃香の夫の出世と海外転勤が決まったという話だった。

「ニューヨークだって！　すごいわよね。自分の娘がそんなところに住むなんて思いもしなかった。お友達に話したら羨ましがられて、あっちでどんな生活送るのか見たいから桃香ちゃんにフェイスブックの友達申請してもいいかなって聞かれちゃった。そうそう、桃香ちゃんのインスタいつも見てるって、久しぶりに会った山下さんに言われたこともあって――」

興奮気味に喋る母親の声が、耳鳴りのように響いてくる。

「桃香の何がすごいの？　すごいのはニューヨークに転勤する夫であって桃香じゃないでしょ」

耐えきれずに遮ると、

「やだ何をピリピリしてるの？　ましろ、働きすぎじゃないの」

母親は高いテンションのまま、笑い飛ばした。

「あんまり頑張りすぎると、男の人が寄りつかなくなるわよ。仕事もいいけど、そろそろ結婚とか出産のことも考えないと手遅れになっちゃうわよ。妹に先を越されちゃったわけだしねえ。いつも心配してるんだから」

「は？　結婚にも出産にも興味ないんだけど」

苛々を通り越して、ほとんどけんか腰になっていた。

「そんなに意固地《いこじ》にならなくていいんじゃないの。もう、昔からそうなんだから。お母さんはただ、ましろにも普通の幸せを手にしてほしいと思ってるだけなのに」

――どうしたらそんな勝手なことが言えるの？　男の人に頼らなくてもいいように、手に職をつけて自立してねって昔からさんざん言ったのあんたじゃなかった？

「あ、ごめん」

実君の背中にぶつかりそうになり、我に返る。

木々の間隔がゆったりとした明るい感じの山で、私たちは踏み固められた細い登山道を歩いていた。

私がぼんやりしていたせいだけでなく、実君が急に立ち止まったせいだとしばらくして気づく。実君は動かないまま、何かを感じ取ろうとするように下方を睨んでいた。

「たぶん、イノシシがかかってる」

実君が、左手の斜面の方を指さす。木立の間を縫い、急斜面をしばらく下ったところに設置ポイントがあるのだが、ここからは見えない。どうしてわかるのかと尋ねるより先に、

「僕一人で行ってくるよ。ましろちゃんはここで待ってて」

実君が腰をかがめ、斜面を下ろうとした。

「待って、私も手伝うよ」

「ここは足場が悪くて危険だから。とどめを刺したら、運ぶのを手伝ってもらうよ。それまでここにいて」

実君が押しとどめるように、私の肩に手を置いた。

手の感触に気を取られて言葉が継げないでいるうちに、実君の姿は木立に紛れて見えなくなってしまった。

林の中に揺れる木漏れ日を、しばらくぼんやりと見つめる。なぜか力が抜けて、その場に腰をついていた。戦力外通告をされたも同然なのに、憤慨の気持ちも悔しさもまるで湧いてこないのが不可解だった。

落ち着かない気持ちで、しばらく待つ。五分、十分、のろのろと時間が過ぎていった。

二十分経っても実君は戻ってこなかった。以前聞いた言葉が、脳裏をよぎる。

――あまり知られてないけどイノシシは獰猛な動物だよ。毎年猟犬が百頭はやられてるし、襲われて亡くなる人もいる。特に手負いのイノシシは手がつけられない。

居ても立ってもいられなくなり、ほとんど転がり落ちるように斜面を滑り降りていく。生き物が落ち葉を踏み動き回る音が聞こえてきた。

棍棒をかまえた実君の後ろ姿が見えてくる。その向こうには、うなり声を上げて牙をむき出しているイノシシがいた。

イノシシは何度も実君に突進しようとしては、脚にかかったワイヤーに引き戻されて怒り狂っている。灌木に邪魔されて、実君は棍棒を振り下ろすタイミングがつかめないようだった。

攻防が長引いて疲れているらしく、実君の動きにいつもの俊敏さがなかった。
イノシシがまた、実君に向かってきた。次の瞬間、体当たりされた実君が地面に転がってい
た。何が起こったか一瞬、わからなかった。イノシシはものすごい勢いで実君をこづきまわし
ている。その脚には、ワイヤーがない。よく見ると蹄《ひづめ》もなかった。
渾身の力で自分の蹄を引きちぎって、ワイヤーから逃れたのだ。
身がすくんで、動けなかった。
「ましろちゃん、逃げて」
頭とお腹を庇い、丸くなるようにして地面に伏せた実君が、こちらに気づいて叫んだ。手の
甲が真っ赤に染まっている。青いジャケットの背中も破れ、血がにじみ出していた。
私はとっさに、地面に転がっている棍棒を目指して走り出した。武器があれば、勝算はゼロ
ではない。
が、もう少しのところでイノシシに行く手を阻《はば》まれた。後ずさりすると、背中から何かが覆
い被さってきた。実君は私を後ろから抱きかかえて一緒に地面に倒すと、そのまま下方の沢に
向かって斜面を転がり落ちていく。
ずいぶん長い距離を落ちて行ったような気がした。水音が聞こえてくる。めまいが治まって
きて周りを見渡す。落ちてきた方を見上げると、こちらを見下ろしているイノシシと目が合っ
た。
内側から胸を殴られているように、心臓が鳴っている。私はしばらく息を止めるようにし

て、身を固くしていた。

イノシシはふいに視線を外し、身を翻して消えていった。


廊下から、点滴のスタンドを引きずる音が聞こえてくる。私はブラックの缶コーヒーを飲み干すと、自販機の隣にあるゴミ箱に捨てた。

小雨が降っていて、曇った窓から見える景色が滲んでいる。

勤務先以外で、夜の病院にいるのはおかしな気分だった。山から一番近いところにあったのが、この大学病院で良かったと思う。外科医の評判はいいところだ。

節電のためか、私のいる食堂は暖房がついていなかった。やけに虚脱感があると思い、体が冷えていることにようやく気づく。

「ましろさん大丈夫でしたか」

町田が、足早に食堂に入ってきた。

「私は無傷だったけど、実君がかなり」

「さっきナースステーションで様子を聞きました。致命傷はなくてよかったです」

「そうだね。裂傷はかなり多いけど、どれも臓器とか神経に影響ない程度だったから。骨も異常なしだし」

「やっぱり、ましろさんが応急処置をしたからですか?」

「腕の傷が一番深かったから、そこを縛って止血したくらいだよ」

救急車を呼ぶべきか、判断に少し迷った。実君は自分で歩けると主張するし、ぱっと見た傷の感じからも重傷とまではいかないだろうと判断し、私が連れて行くことにした。どちらにしても、山を下りないことには救急救命士に場所の説明もしようがなかった。

軽トラックを停めた場所まで普通なら十分かからないところを、私が手を貸しながら三十分くらいかかった。

「たぶんまだ麻酔で寝てると思うけど、見に行ってみる？」

連れ立って、病室に向かう。

町田が来てくれて、少しほっとした。手術が終わってからも帰る気になれず面会時間ぎりぎりの今まで残っていたものの、私ひとりで実君と向かい合うのがどこか怖かったのだ。

おかしなことを口走ってしまいそうだったから。


力なくベッドに横たわる実君を目にして、胸を突かれた。腕に巻かれた包帯が痛々しい。動物の命を食べようとすること。「狩る者と狩られる者は平等」という言葉の意味が迫ってくる。命のやりとりをすることの重大さを、わかっていなかった。

「ましろちゃん、僕がしくじったせいで迷惑かけてごめんね」

目を覚ました実君に見つめられ、イノシシに襲われた時よりも心臓がばくばくしていることに気づく。

「全然」

痛くなるほど首をふる。

「残念だったねー、実君。大きいイノシシだったの？」

町田がのんきに言った。

「百キロくらいありそうなメス。強かったなあ。ほんとに残念、ベーコンにしたらすごくおいしそうだったのに」

「実君がベーコンになるところだったね」

「というより、細切れかミンチだね」

二人が気の抜けるようなやりとりをしている最中、

「すみません、血圧測らせてもらいますねー」

小柄で目の大きな、若い看護師が入ってきた。無臭だった病室に、柔軟剤の甘い匂いがただよう。

「面会時間過ぎてるね。じゃあ実君、必要なものあったら明日持ってくるから連絡してねー」

町田が手をふり、私たちは病室を後にしたのだった。


それから一週間、悶々としながら過ごした。

面会時間は仕事で体が空かないので、お見舞いに行けない。あまり連絡を取っても鬱陶しがられるかもしれないと思うと、一回「大丈夫？　経過は順調？」とそっけないメッセージを送るくらいしかできなかった。

「元気だよ。毎日いろんな友達がお見舞いに来てくれるし」という返信を見て、私の出る幕はないのかもしれないと異常に落胆してしまったりもした。

肩に置かれた手の感触、湿った土の匂い、後ろから抱きかかえられた瞬間。

実君の腕の裂傷の血にまみれた断面。処置をしてから、汗まみれになって一緒に斜面を登り、車に乗り込んで病院へ行くまでの時間を貫いていた奇妙な高揚。自分が自分でなくなるような、何かに突き動かされているような感覚。病室を後にした時の、自分の肉の一部を置いていくかのような離れがたい気持ち。

ふとした隙間や寝る前に、あの日のことが頭から離れなくなる。

冷凍庫にあった野生の肉のストックはもうなくなっていた。

何度もメッセージを書いては消し、書いては消しを繰り返し、やっとまた山へ行く約束を取り付けたのは、実君の退院から四日も経過した後だった。日にちが決まった瞬間から、そわそわしながら日々を過ごした。近づいてくるにつれ、コントロールできないくらい気もそぞろになって、そのことばかり考えてしまうようになった。

約束した日は、クリスマスだったのだ。

深い意味はないから。クリスマスプレゼントというか、退院祝い？　ジャケットがイノシシにやられてだめになっちゃったから、新しいのが必要かなと思って。

十二月二十五日の午後。実君に言う言葉を頭の中で練習しながら、バスに乗って山のふもとに向かっていた。別にわざわざクリスマスを指定したのではなく、たまたま休日だったのだから仕方ない。

コートのポケットに入れたスマホが振動した。ラインを開くと、桃香からの返信が来ていた。

『多めに作ったから、万が一暇になったら寄ってね』

一昨日、クリスマスディナーを作るから家に来ないかと誘いがあったのだ。家族と親しい友人を呼んでホームパーティ。行く気なんてなかったからそのまま放置していて、今朝やっと思い出して『ごめんちょっと先約あって行けない』と返信したのだった。

待ち合わせの場所で降り、そわそわしながら待つ。

いつも時間通りか、二、三分遅れくらいで現れる実君の軽トラックは、珍しく五分過ぎても来なかった。たぶんまだ体が完全には元通りに動かないのだろうな、と思う。十日間入院すれば、筋力も落ちてしまうものだ。

十分過ぎて、やっと実君は現れた。すぐにでも軽トラックに駆け寄りたい気持ちを抑えて、スマホをチェックするふりをする。

「ごめん、遅くなって」

実君は、相も変わらずつややかな肌をしていた。いや、以前にも増して肌つやがいいような気がした。嬉しさを隠しきれないような表情をしているせいだ。

自分でも呆れるくらい、胸が高鳴った。

助手席に乗って実君の小屋に向かう十五分ほどのあいだ、ふわふわと舞うような気持ちで、自分が何を話しているのかよくわからなかった。たぶん、傷の具合とか、入院中罠はどうしていたのかとか、そんなことを話していたのだと思う。

実君も、どこか同じような感じがした。確実に以前とは何かが違っていた。膝に乗せたプレゼントの袋を抱くように手に力を入れたとき、

「昨日から急な来客がいるんだけど、一緒に良いかな?」

実君が言った。

舗装されていない道に入り、体が跳ねる。

「え? ……うん」

虚を突かれて、それ以上訊けないでいるうちに軽トラックは山小屋の前に停まった。町田だったらそう言うはずだし、私の知らない友人だろう。二人だけだと思っていたので、少し落胆する。

私たちが車から降りるより先に、小屋から小さな人影が走り出てきた。

「おかえりなさい!」

こちらに向かってくると、実君に抱きついた。学生にも見えるようなその若い女の子は、呆然としている私に向かって「はじめまして」とお辞儀をした後、

「本当は前に会ってるんですけどね」

笑顔を向けてきた。内側から輝くような笑顔。さっきの実君と同じような顔だ。

私の肩くらいの背丈に、細くて柔らかそうなセミロングの髪。ガラス玉のような大きな目。どこかで見たことがあるのだけれど、あまりに混乱していて思い出せなかった。なじんでいるはずの実君の小屋が、急に知らない場所のように思えてくる。

「あんな短時間じゃ思い出せないって」

実君は彼女をたしなめ、はにかんだような表情になる。覚えのある匂いが鼻をかすめた。

「ましろちゃん、あの日すぐ帰ったし。それからも病院来てないし」

病院。その言葉で思い出した。

実君の病室に血圧を測りにきた看護師だった。

街の中心部のどこを歩いても追いかけてくるクリスマスソングから逃れるように、私は地下へ続く階段を降りていった。

薄暗い照明と狭い通路に、ほんのすこし救われるような気持ちになる。

狙い通り、その古い喫茶店には私の他に客はおらず、浮かれたBGMもなく静かだった。コーヒーを運んできたきり、店主らしき年配の男性も姿を消した。

コートを脱いで静けさの中に身を置いたとたん、後悔する。今すぐ叫んで暴れ出したい気分だと気づいたのだ。カラオケでも行けばよかったかと思うけれど、カップルや学生グループかどんな哀れみの目で見られるかと考えると、それも嫌だった。

実君の小屋で過ごした一時間は、控えめに言って地獄だった。

彼女がどうやって実君に惹かれ、距離を縮め、連絡先を交換したのかを延々と聞かされたのだ。退院してからも毎日メッセージを送り、続けて二度食事に行ったらしい。

実君は言葉少なにはにかみながら、時々彼女の説明を補足した。

「正式に付き合おうねってなったのは、実は昨日なんですよ」

耳を塞ぎたかったけれど、できない。急に帰ると言い出すのも不自然だ。私は渾身の力で笑顔を作って、へえ、できたてほやほやのカップルなんだねと空虚な言葉を絞り出すしかなかった。少しでも気を抜くと暴発する爆弾を抱えているようだった。感情を隠すことがここまで困難だったことがあっただろうか。

「私がアポなしで、サンタのコスプレして手作りクッキー持って押しかけちゃったんです」

何なんだ、その今時ありえないくらい下世話でセンスのない行動は。八〇年代のトレンディドラマか。

実君が出してくれた食べ物もワインも、喉を通らなかった。ポーズのために一口だけ口に入れた肉を、私はいつまでも咀嚼しつづけていた。

「実は妹からホームパーティに誘われてて、そろそろ行かないと」

やっとのことでそう告げたとき、さらに拷問を仕掛けるように彼女が言った。

「ましろさんもクッキー食べて下さい！　下手くそでお恥ずかしいんですけど」

ふと気づくと、手に持ったままのカップからコーヒーがこぼれかけていた。

あわてて口に運ぶと、予想以上に苦い。胃が痛むのを我慢して流し込む。体内の毒を消そうとするように。

彼女が出してきたクッキーのことを思い出すと、体中がきしむような痛みに襲われた。インスタ映えするようなこぎれいなクッキーが出てくるのだと思っていた。だから、まるで冗談のようなそれを見て、衝撃のあまり一瞬言葉を失った。

形も大きさもバラバラでいびつな、小学生が作ったようなクッキー。なぜかマーブルチョコがランダムに載せられ、溶けたり爆発したりして汚らしく、しかもけっこう焦げていた。謙遜でも何でもなく本当に下手くそなクッキーだった。

あんなものに私は負けたのか。

こらえきれない吐き気のような衝動をおぼえて、顔を覆う。涙が止まらなかった。

欲しかったんだ。努力なんかしなくても、虚勢を張らなくても、そのままの私を受け止めてくれる人が。ずっとずっと、こんなにも欲しかったんだ。

がらんとした店内に、私の嗚咽《おえつ》と鼻をすする音だけがずっと、ひびいていた。


「来ると思わなかったからほとんど何も残ってないけど……」

桃香はそう言いながらも、少しずつ残った料理をワンプレートに綺麗に盛り付けると、シャンパングラスと共に出してくれた。

両親をはじめ招待客はみんな帰った後で、桃香の夫も友達に誘われて飲み直しに出かけたらしかった。

私は世話してもらうのを待つ子供のようにぼんやりと椅子に座り、桃香がカトラリーを並べてくれるのを見つめる。胸のすくような手際の良さだった。

「……来られないって言ったのにこんな遅くに急に、ごめん」

ポテトサラダを口に入れると、急に空腹が襲ってきた。今日一日まともに食べていなかったのだ。ポテトサラダはなめらかで、絶妙な味付けだった。

私が実君からもらってきたイノシシ肉を渡すと桃香は、「イノシシは料理したことないな」と一瞬戸惑ったものの、「まあ、豚肉と同じだよね」と、ほんの十分ほどでセンスの良い一皿にして出してくれた。

がつがつと食べ物を胃に収めていく私の向かいに、桃香は腰かけた。白いニットの上からでも、お腹が目立ってきているのがわかる。

気遣わしげに私を見ている現実の桃香は、インスタの写真の向こうで膨れ上がっていた、自己顕示欲が強くて狡猾なイメージとはまるで違って見えた。

そういえば、実際に会うのはほぼ半年ぶりなのだ。

半年前に、家族の集まりで桃香が妊娠を報告した時。一気に暗闇に放り出されたような気分だった。

おめでとう、と口々に言う両親の幸せそうな顔。桃香を見つめる誇らしそうな表情と祝福の言葉たち。私はそこにいなくてもいい存在に成り下がった。

桃香は何の努力もしていないのに。ただ男とセックスをして、その結果妊娠しただけなのに、どうしてこんなに頑張っている私よりも褒められ、肯定されるの？　昔からそうだった。桃香はただ、いるだけで可愛がられた。私がどんなに良い成績を取っても、学級委員になっても、リレーで一番になっても、親の役に立っても、両親がこんな表情をすることはなかった。生まれながらにして桃香は勝っていた。どうして？　どうして？　子供の頃の私が声を上げ、泣き叫び暴れ出したようだった。

あの日以来ずっと、桃香に会うのを避けてきたのだった。

スライスされたイノシシ肉の料理を一口、食べる。こんがりとした歯ごたえでジューシー、上に散らしたピンクペッパーとオリーブがアクセントになっていて本当に美味しい。

「桃香ってすごいね。私には無理だわ……」

力なくつぶやくと、しばらくためらうような沈黙のあと桃香が言った。

「お姉ちゃん、大丈夫？」

その言い方には、真意がこもっていた。

あんたの前に差し出すような弱味は持ち合わせてない。普段なら感じるそんな反発も、今日は力を無くしていた。クリスマスのこんな時間に、泣きはらした目で現れておいて今さら取り繕うのもかえって滑稽だ。

私はぽつぽつと、実君のことを話し出した。

「好きになりかけてた……」と言いかけて、「好きになってた」と言い直した。口に出すことで、初めて自分自身で認めた気がした。

桃香は聞きながら、次第に曇った表情になり、私の皿から肉をかすめ取ると苛立ったように口に入れた。

「信じられない。豚に真珠盗られてるじゃん」

「それを言うならトンビに油揚げでしょ。あんたってほんと頭悪い」

「頭悪いのはお姉ちゃんだよ。他のことではがつがつしてるくせに、ほんとに恋愛では愚鈍だね」

「そんな言い方なくない？」

「恋愛は異種格闘技戦だよ。つまんないプライドとか見栄は害になるだけだし、はったりかましたもん勝ちなんだよ。ほんと何やってんの？　戦略なさすぎでしょ。もう、苛々してお腹すいてきた。ホストやってたらあんまり食べる暇なかったし。お姉ちゃん、追加で肉焼いてくれない？　私疲れたから」

桃香ってこんなに人使い荒かったっけと思いながらキッチンに向かう。妊娠すると、ホルモンの関係で性質が変わるのかもしれない。

「どうやって料理していいかわからないんだけど」

「ただ切って塩こしょうして焼けばいいよ。それだけで十分美味しいから。あ、焼き肉にすればいいか。そこのカップボードの上の段からホットプレート出してくれる？」

テーブルにホットプレートをセットし、取り皿と塩、こしょうをテーブルに出す。桃香に指示されるまま動くのは少し癪《しゃく》だったけれど、私もまだ空腹で肉が食べたかったのでおとなしく従った。

　まん丸いホットプレートの上から、煙と香ばしい匂いが立ち上ってくる。

「まあ、そんな最初のインパクトだけのダサい女とはすぐに別れるよ」

　桃香は、ものすごい瞬発力で焼けた肉を次々に取っては自分の皿に山盛りにした。

「いや、やっぱり結婚するかも」

「え？　言ってること百八十度違うじゃん」

　桃香の速度に焦りをかきたてられ、急いで一切れ取ってかじるとまだ生焼けだった。忸怩《じくじ》たる気持ちで、またホットプレートの上に戻す。

「周りの例を考えてみたら、『え、最後にはそこに行くんだ』って感じの相手と結婚してるケースが多いんだよね。うん、やっぱり実君はその爆発クッキー女と結婚するね」

「なんでそんな、絶望させるようなこと言うわけ？」

　ほとんど空になってしまったホットプレートの上に、再び生肉を載せていく。すでに十分温まっていたので、肉はすぐににぎやかな音を立てて脂を出し始めた。桃香が肉の上から豪快に塩とこしょうをまき散らす。

　今度は桃香に全部取られないよう、もうすぐ火が通りそうな肉たちをそそくさと自分の縄張りに移動させていく。

「……ほんとだ、ただ焼いて塩こしょうしただけなのに美味しい」

「良かった。塩加減、どう？」

「ちょっときつめだけど、さっき泣いて塩分出たからちょうどいいわ」

「じゃあほら、水分も取りなよ」

桃香が注いでくれたミネラルウォーターが、やけに美味しく感じられる。

「なんか今、酒飲むより癒やされたかも。水、すげー」

「塩もすごくない？　結局、塩だけでおいしいんだよ。そのままが一番いいんだよね、元がいい素材はさ。色々試行錯誤してソースとか作ったり、実はやる必要なかったなって最近思うなあ」

同じ動物でも、個体によって全然味が違うと実君が言っていたのを思い出す。育つ山の植生や季節によっても変わるから、その時々の出会いを楽しむために本当は一年を通して猟がしたいのだと。

「そういえばお姉ちゃんシンガポールに留学するんだってね」

桃香に話しかけられ、我に返る。

「まだ本決まりじゃないけど」

「いいなあ、食べ物が安くて美味しいし、日本にも近いし。私もお姉ちゃんについて行こうかな。ニューヨークなんて行きたくないよ、物価高いし治安悪いし」

「ついてこられても迷惑なんだけど。遊びに行くんじゃないんだよ」

「何しに行くの？」

「だから留学だって言ってるでしょ、あんたバカ？　将来的に自分の腕一本でやっていきたいからスキルアップのために」

「かっこいいなあ。お姉ちゃん、子供の頃ブラックジャックになりたいって言ってたもんね」

「そんなこと言ってた？」

思いがけない言葉に驚いて、桃香の顔を見る。

姉妹は不思議だ。同じ場所で育ったのに、全く違うメモリーを持っている。

「言ってた言ってた。私はピノコになりたいとしか思ってなくて、自分がブラックジャックになるなんて発想なかったからすごくびっくりしたの覚えてる。お姉ちゃんてすごいなあって感心した記憶があるもん」

そうなんだ、と考え込む。

「そういえば、実君の応急処置して病院に連れてくの、やけに燃えたんだよね。救命救急とか案外向いてるかも。思い切って転科も考えようかな」

「こないだお母さんがさ」

桃香が、私の話を無視して話題を変えた。

「お姉ちゃんは誕生日プレゼントに高い化粧品送ってくれたって自慢するんだよ。稼いでる人は違うねだって。私、すごく手間暇かけたケーキ作って持って行ったのに、デリカシーないよね」

「そうなんだ……。私は、金で解決した感じで後ろめたかったんだけど」

「私は姉妹や兄弟産んでも、絶対に比べるようなことは言わないって決めてるんだ」

二人でひたすら肉を食べ、喋り、また肉を食べる。山を駆けていた一頭のイノシシを分け合って、ときには奪い合って食べる。そうしているうちに、私と桃香の違いみたいなものがどんどんうやむやになっていくような気がした。

私は何にあんなにこだわっていたんだっけ。

思い出せなくなってきたころ、時計を見ると日付が変わりクリスマスは終わっていた。

新年になる前に、無事に退職届は受理された。

年末年始は、忘年会や新年会などの予定は入れず、一人で英語の勉強や留学の準備などをして過ごした。目標に向かっているときは、それが高いほど気持ちがいい。

一時期あれほど苦しめられた飢えのような感覚は、不思議と落ち着いていた。桃香の家で、二人で大量のイノシシ肉を食べて以来、ここ二週間ほどなぜか肉食の欲求もあまりなくなってきて、家で野菜を食べることが多くなった。

「長続きはしないだろうけどね」

夜のキッチンで、独り言を言いながら野菜を蒸す。

三月末で退職したら、渡航予定まで数ヵ月ある。これまで仕事ばかりで趣味らしい趣味もなかったから、何をしようかなと考える。狩猟免許を取ってみてもいいかもしれない。

あれから、実君には連絡を取っていない。

クリスマスに実君のために買ったジャケットは、町田にあげた。渡すために家に寄ったとき、実君は今彼女を連れて北海道に帰省中だと聞かされた。

本当に結婚するかもしれない。もし結婚の知らせが来たとしても、桃香に報告することを考えるとそれほどショックを受けなくて済むような気がした。

「うわ、やっぱりねー！」と騒ぐ桃香の顔と、応戦して言い合う自分の姿が浮かぶ。

桃香が臨月に入る前にまた焼き肉に誘ってみよう、と思った。

二月一日
北原巧己

「おーい、たくちゃん宛に手紙きてるよ」

師匠に声をかけられたのは、僕が台所に立って朝食の準備をしているときだった。

「運び終わったら取りにいきます」

声を張り上げながら、大鉢にカレーをよそう。師匠の代表作である、マットな質感の黒い大鉢。主張が強いようでいて懐が深く、どんなものを入れてもしっくりくるところがすごいといつも思う。

ふだんはご飯と味噌汁に卵、副菜が定番なんだけれど、今日は昨日作りすぎたカレーを消費したいのでイレギュラーな朝食だ。大鉢にレードルをそえ、各自が小鉢に取り分けるスタイルでいこう。

この窯元の門戸を叩いたのは、去年の四月のことだった。

未だに自分のこととは信じられない。大学院を辞めたその日に、何かに呼ばれるように熊本に飛び、地元の作家の作品を集めたクラフトショップで師匠の器に出会った。

衝動的に連絡を取り、窯元に見学をさせてもらいに訪れたところ、なぜかその日のうちに弟子入りすることが決まったのだった。焼き物や器が好きで、ぼんやりと自分でもやってみたいと思ったことはあるけれど、まさか本当にそれができるとは考えたことがなかった。

弟子入りすることが決まってからは、あれだけ長い間身動きが取れなかったのが嘘のように物事がスピーディーに進んだ。進んだ、というか進めたのは僕なのだが、アパートの解約手続きを済ませ、家電や家具を処分したり譲ったりして、最低限の荷物をまとめて再び熊本に戻ってくるまでたぶん、一週間もかからなかったと思う。

師匠の自宅兼窯元は敷地が広く、僕が住まわせてもらっている離れは十分に快適だった。ここで生活しながら技術を教えてもらい、納品などの事務処理や雑務、たまに食事作りもこなしている。

師匠の小田《おだ》さんは、仕事には厳しいけれど基本的にはあまり細かいことを気にしない優しい人だ。妻の佐月《さつき》さんも気取らない人柄で、すごく良くしてもらっている。

師匠の周りはほとんど物作りをする人達ばかりで、彼らから学ぶことも計り知れない。給料はお小遣い程度だけど何の不満もなく、毎朝目覚めるのが楽しみだった。

先週末は、市内の公園で開催された手作り市で初めて自分で作った作品をいくつか出品した。手に取った人が、本当に気に入った様子で買ってくれたのが震えるほど嬉しかった。SNSの投稿を見た東君が、「次に帰省したときは絶対に買いに行くよ」とコメントを残してくれた。

「それも焼いたの？　すごいね」

薄焼きのチャパティを積み上げた皿をテーブルに運ぶと、師匠が感心した声を上げた。

「全然、簡単なんですよ。ちなみにインドではナンは特別なときに食べるもので、全粒粉《ぜんりゅうふん》のチャパティが普段用らしいです」

あれ以来すっかりカレーにハマり、何十種類ものレシピを試した。台所には僕専用のスパイスコーナーがあるくらいだ。自分では気づかなかったけれど、僕の精神状態と相関関係があるらしい。師匠には、「たくちゃんて悩むとカレー作るよね」と言われた。

席に着こうとして、テーブルの上に置かれた僕宛の手紙に気づいた。たまにネットで注文したものが届くことはあるけれど、手紙が届くのは初めてだ。ここの住所を知らせている人間はほんの数人しかいない。

シンプルな白い封筒を手に取る。どこか見覚えのある下手くそな字。裏返すと果たして、『町田モネ』と差出人の名前があった。

板東真琴

朝からキッチンで響いていたハンマーの音が、包丁がまな板に当たる音に変わった。

パソコンの画面で時刻を確認すると、十三時近い。何か食べものを探しにキッチンに降りようと思ったとき、

「まこちゃーん、お昼ご飯できたよ」

マサくんが呼ぶ声が聞こえてきた。

「風邪で休んでるのに仕事してただろ」

とがめるように言われ、

「だって、しょうがないじゃない。緊急の案件があったんだもん」

言い訳しながらお皿を運ぶのを手伝う。タコライスから、にんにくの匂いが漂った。マサくんの料理は好きだけど、昼夜関係なくにんにくを多用するのがちょっと気になる。

「見て見て。午前中で完成させた」

マサくんの指さす方を見ると、ガスコンロの前にスパイスラックが出現していた。がらんとしていたキッチンが、またひとつ元気になったような感じがする。

新しくできたこの家に引っ越してきてから、一週間が経った。

去年の夏に宮古島で話し合い、進めていたハウスメーカーで建てる話はいったん白紙になった。ところがそれをマサくんの両親に話すと、地元の知り合いの大工さんを紹介してくれたのだ。ごくシンプルな設計の家で見積もりをしてもらったところ、当初の予算より一千万近くも安かった。

なんとなく、新進気鋭のデザイナーやおしゃれな建築会社に頼んだ方がいいという気がしていたけれど、地元で長くやっているその年配の大工さんは一本筋が通っていてとても信頼ができた。マサくんの両親が援助をしてくれるという申し出もあり、お願いすることにしたのだった。宮古島から帰ってきて一週間足らずのスピーディーな展開だった。マサくんとよく話し合った結果、大枠だけプロに頼み細かいところはＤＩＹで少しずつ作っていくことにした。

九月末に退職してから、マサくんに余裕ができたためだ。転職のための資格試験の勉強をしながら、家の中の細々したものを作ったり、家事と育児の大半を今は担っている。

その代わりに私は、ずっと保留にしていた昇進の話を受けた。役職がついて仕事が増え、引っ越してからは通勤時間も長くなったけれど、家事育児の負担が大きかった頃よりはるかに楽だ。

そうしたら今度はマサくんが、たびたび子供達に苛々してヒステリックに怒鳴ったり、料理をしながら追い詰められたような様子を見せるようになった。そのこと自体は良いことではないのだけれど、私はどこかほっとしていた。

私がだめだったからじゃなかった。同じ苦労をしたら誰でもああいうふうになるのだ、と判明したからだ。おかげで余裕をもって、追い詰められたマサくんのフォローに当たることができた。同じ苦労をきちんと経験しているというフェアネスは、こんなにも人と人を近づけるのだ。

「今後は俺も仕事に復帰するんだから、海斗も蒼太もどんどん料理をしてもらうぞ。我が家のキッチンはコワーキングスペースと定義づける」とマサくんは今、子供でも使いやすいようなキッチンの仕様に力を入れている。

タコライスはほどよくスパイシーで美味しかった。風邪をひいているときには重いだろうと思ったのに、逆に食欲が湧いてくる。

家族にごはんを作ること。家族の作ったごはんを食べること。それは、これからも一緒に暮らしていくのだという静かな決意みたいなものを交換しあう行為なんじゃないか。

もしかして、当たり前や義務なんかではなくとんでもなく神聖で幸福なことなのかもしれない。

突然、そんな考えがひらめいた。頭の中ではっきり言葉になったときにはすでに、タコライスの最後の一口が喉を通って体の中に入ったあとだった。

「踏み台は海斗が一緒に作りたいって言ってたから残しておいてあげたら?」

「そうするよ」

一緒に食後のお茶を飲みながら話す。

今まで、週末はなんとなくショッピングモールに出かけたりしてなんとなくお金を使っていたのが、家族で家を作るようになってからずっと充実した休日になっている。

表で、郵便屋さんのバイクの音がした。

郵便受けに配達物を取りに行くと、ダイレクトメールに混じって私宛の手書きの封筒があった。

「町田さん? なんでまた」

驚いて思わず声が出る。こちらの近況を気遣ってくれる手紙だろうか。待ちきれず、その場で封を切った。

白一色の、二つ折りのカード。開くと、手書きの文字がおさまっていた。

パーティのご案内
日時　二月二十日おひるごろ　場所　町田診療所

島田ましろ

「パーティって何?」

カードを片手につぶやきながら、マンションのエレベーターに向かう。

郵便受けに一通だけ入っていたのは、町田からの謎の招待状だった。とりあえず部屋に戻ろうと、手紙をカバンのサイドポケットに差す。

午後九時。帰宅ラッシュも終わった半端な時間なので、エントランスは無人だ。エレベーターが動き出すと、自分が目指す高みに向かって上昇しているような気分になり、口元がほころんだ。

やたらと気分が昂ぶっているのは、出産の立ち会いから帰ってきたせいだった。

予定日より十八日も早かったので、一足先にニューヨークに行っていた桃香の夫は帰国が間に合わず、両親は旅行に行っている最中だった。ちょうど、有給消化のための休みに入った日の早朝に、桃香から電話で呼び出されたのだった。

病院に着いたのが午前六時頃。そこから夕方にやっと生まれるまで、すさまじい現場につきあうことになってしまった。どんなに仕事が辛かったときより過酷だった。鹿の解体よりイノシシに襲われたときよりも壮絶で、何度も逃げ帰りたいと思った。九時間も聞き続けた桃香の絶叫のせいで、未だに頭痛がする。麻酔なしであんなことをするなんてどうかしてると思う。絶対に無痛分娩に保険を適用するべきだ。

桃香が分娩室に入ってからしばらくして赤ん坊の泣き声を聞いたとたん、やっと解放されるとほっとして涙が出てきた。もう限界で、そのまま病院の食堂にあったソファに倒れ込んで爆睡した。

二時間後に目が覚めたときも、桃香はまだ眠っていたようだったので、一人でふらふらと新生児室に向かった。ちょっと離れたところにいてはっきり顔は見えなかったけれど、「谷口《たにぐち》桃香ベビー」という名札を確認して、ああよかったと思った。桃香のラインにメッセージを送ってそのまま帰路についた。

売店で菓子パンを買って食べたきりだったし、牛を一頭丸呑みできそうなほど空腹だった。一番近くにあった牛丼屋に入ってメガ盛りを平らげたあと、大量の汗をかいて気持ち悪かったのでスーパー銭湯に寄って帰ってきたのだった。

相変わらず体は疲れているのに、なぜかやたらと気分が高揚していて、部屋まで無意味に走って帰る。

ベッドに身を投げ出して、町田からのカードを改めて開いた。

パーティのご案内

日時　二月二十日　おひるごろ

場所　町田診療所

送り、迎えるためのささやかな宴をひらきます。ましろさんの大切な料理をひとつ持ってくるか、うちで作ってくださいますようおねがいします。

ドレスコード・白い服

「相変わらず、情報量が少ないなあ」

思わず一人でつっこみを入れる。あの人物に常識的な対応を求めても無駄だけど、もう少し説明してくれよと思う。

特に最後の一行が、何度読み返しても意味不明だった。

ひとつだけルールを守ってください。一言も喋らないこと。

最終話　レスト・イン・ビーンズ

「ねえ李青《りせい》くん、なんだろうこのリップって。みんな書きこんでるんだけど」

ダイニングテーブルにいるモネが、ノートパソコンの画面を指さした。

冬の朝。ようやく薪ストーブの火に勢いが出始めたところで、室内の空気はまだうっすら冷たかった。

「なんだよリップって」

「こっち来て」

シンクの前で食器を片付けていた俺は、渋々手を止めてダイニングテーブルの方へ行き、モネのパソコンを覗きこんだ。

インターネットにふれるのは二年ぶりだった。本当は視界に入れるのも嫌だったのだが、昔好きだったアメリカのミュージシャンの名前が目に入り、思わず数秒間見てしまう。彼の訃報を知らせるネットニュースだった。

コメント欄にいくつも並ぶ、冥福を祈る三文字。

「リップって……。R.I.P だろ。レスト・イン・ピースの略」

英語はできるはずなのに、こいつはたまに間の抜けたことを言う。

「『安らかに眠れ』って、略しちゃっていいの？　やすねむ〜って言うようなもんだよね。軽々しすぎない？」

「俺に言うなよ」

言葉が量産型の使い捨て製品になったのは今に始まったことじゃない。人間は自分たちが発明したものを正しく使えたためしはない。言葉はその最たるものだ。それは、俺の名前が粟生《あお》李青であるということと同じような事実だ、と思う。いちいちもの申すのは時間の無駄だ。

「レストだから日本語だと、『眠る』より『休む』だよね。てことは日本語に訳すときは『おつかれさま』にした方がいいんじゃない？」

「それこそ軽々しすぎるだろ」

モネはすぐにその話題を忘れ、「そういえば写真の整理もしようと思ってたんだった」と今度は画像ファイルを開きだした。俺はシンクの方へ戻る。

ほどなくして、

「わあ、なつかしい写真。李青くん見て見て」

「何だよめんどくさい」

「いいから来て来て」

ふたたび作業を中断させられ、不承不承モネの方へ行く。画面いっぱいに開かれた画像を見て、はっとした。

レストランの従業員の集合写真。後方に立って並ぶ厨房スタッフではなく、前列のホールスタッフたちにまじって俺が写っている。

青く染めた髪、黒ずくめの服装に骨張った体つき。腕を組んで、わざと目線を外し虚空を睨んでいるような目つき。たった三、四年前なのに、何だこのかっこつけた若造は、と思う。隣に写っている彼女は、記憶よりずっと柔らかく微笑んでカメラの方を見ていた。

モネは「あのときは楽しかったね!」と一人でうきうきと喋り、俺が生返事すらできないでいるうちに画面を閉じてメールチェックを始めた。

「〝パーティ〟に誘ったけどブラジルの友達は来れないって。残念」

「当たり前だろ。そんな遠くにいる奴を呼ぶな」

「李青くんだって遠くから来たじゃない」

「ブラジルに比べたら全然遠くねえよ。しかも突然あんなふうに現れて強引に誘われたら、来るしかねえだろ」

「メキシコにいる友達は来るって言ってる」

「メキシコから? どれだけ暇な奴なんだ」

「たまたま日本に帰国する時期と重なってたみたいだよ。お土産にたくさん豆を買ってきてくれるって。南米の豆料理っていいよねえ。フェジョアーダもチリコンカンも大好き。ブラジルの子も、豆は送ってくれるみたい。韓国人の友達も、トルコ人の友達もタイの子も来れるって。やったあ」

モネはそれから、おとなしくなった。

メールを返信するモネがキーボードを打つ音が、スキップするように楽しげに響く。手書きの文字は筆跡に性格が出るが、入力は打っている最中のリズムや音に性格が出る。

――粟生さん、なんでそんな親の仇《かたき》みたいにキーボード打つの？　壊れそう。

彼女――エミにそう言われたことを思い出し、口をつぐむ。

俺が返事をしなくなっても、モネは一人で機嫌良く喋り続けた。

相変わらずだな、と思う。ほぼ毎日一緒に働いていた三年前も、モネはずっとこんな調子だった。

俺がメインシェフを務めていたレストランにモネが入ってきたのは、オープンして半年くらいのころだっただろうか。オーナーが、旅先で知り合ったといってどこの馬の骨かもわからないモネを放り込んできたときは何を考えているのかと腹が立ったけれど、今ならオーナーの意図が明確にわかる。いや、本当はあの頃だって薄々わかっていたのだ。

不意に脳内で再生されたのは、なぜか厨房に立っていたころのどうでもいいような一場面だった。

＊

「ひじょうなさば」

魚を処理している最中のモネが謎の言葉をつぶやき、数秒後に隣で作業していた新入りのスタッフが「え?」と困惑した顔を上げた。

「非情な、冷たい魚といえば何だろうって考えてた」

「ああ、情がないっていう意味の非情ですか。何かと思いました」

「そしたら、鯖かなって思いついて。非情な鯖」

「なんとなくわかる気がします」

新入りが破顔した。

「鯵《あじ》は庶民的で気さくな感じでしょ」

「鯛は王様っぽいけど温厚そうですよね。徳川家康《とくがわいえやす》みたいなイメージです」

「鰯《いわし》は気が弱そうだし」

「それって、単に漢字に弱いって入ってるからじゃないですか」

「やっぱ、鯖の冷たい光り方とか目つきが冷酷な感じがするよね」

やけに盛り上がっている二人を、

「おい、無駄話するな」

俺は一喝した。ただでさえ仕事が遅い新入りは、完全に手が止まっていたのだ。新入りはぱっと笑顔を消すと、「すみません」とこわばった表情で作業に戻った。

「李青くんは、非情な魚って何だと思う?」

「知るか。どうでもいい」

即座に返したあと、不意に回答が浮かんでしまった。

「……サメじゃないか」

渋々口に出す。

「李青くん、冴えてるー。でもスーパーで買える魚じゃないとだめだよ」

「おい、いつの間にそんな縛りができたんだ」

はっとして見渡すと、周りのスタッフは聞いていないフリをしながら、笑いをこらえたような表情をしていた。完全にモネのペースにはまっていることに気づく。

「終わりだ。真面目に仕事しろ」

「李青くん、真面目と人生は相性が悪いよ」

モネは悪びれることなく言い、「はーるのサワラはサワサワいくよー」と妙な替え歌を歌いながらサワラをさばく作業に戻った。

いつもながら遊んでいるようにしか見えないが、やることはきっちりやるのでそれ以上文句は言えなかった。


ミシュラン星つきレストランの姉妹店としてオープンした、イノベーティブ・フュージョン料理の店だった。メインシェフとして引き抜かれたときには、俺のキャリアのターニングポイントになるはずだという確信があった。「粟生君の好きにやっていい」とオーナーに一任され、力が入っていた。

実家の老舗《しにせ》料亭、アジアのベストレストランにランクインするフレンチ店、働いてきた店のレベルは高かった。三十五歳以下の若手料理人のコンテストで優勝したこともあり、自分の力量には自信があった。さらに、引き抜きの話を受けて前の店を辞めてからはスペインに飛び、三つ星レストランで一ヵ月研修生として働いた。一切の妥協を許さない世界レベルの店に刺激を受け、より高みを目指そうと思っていた。

だけど開店からほどなくして、自分一人の力量だけではどうにもならないことを思い知ったのだった。

「こんな状態で出せるわけないだろ！　やり直しだ」

「ここはファミレスじゃないんだよ」

「何回同じこと言わせるんだよ。覚える気がないのか」

「プライベートが大事なんて、やることやれるようになってから言え。プロ意識がないのかよ」

厨房には、毎日のように俺の怒声がひびいていた。

求めるレベルに達するスタッフが皆無だという事実に愕然とし、全員の仕事に対する意識の低さ、ツメの甘さに腹が立って仕方がなかった。

部下が仕上げた料理の見た目や味が完璧でないと、捨てて自分でやり直した。食材の仕入れも下ごしらえも、細部までダブルチェックして抜けを探す作業はきりがなかった。その合間にも、新しい食材をリサーチし、メニューを考えて試作し、より斬新《ざんしん》なものをというプレッシャーと対峙する生活に休みはなく、常に睡眠時間は二、三時間だった。

　俺の奮闘と反比例するように、職場の空気が悪くなっていったのはわかっていた。俺がいなくなったとたんにスタッフが談笑し出すことも、おそらく俺に対する陰口が大半であろうことも。

　ホールのリーダーは、料理のやり直しで提供が遅くなることに対して文句を言ってきた。

「仕方ないだろ、クオリティ優先だ。妥協したものを出せって言うのかよ」

「そんな些細な違いなんて、気づきませんよ」

「気づかれなかろうが、細部に手を抜かないのが料理人のプライドなんだよ」

　俺の料理が、低いレベルでしか理解されていないと感じていた。客にいい顔をして、こちらに確認もせず無茶なリクエストを通そうとしてきたり、料理のコンセプトを変えてしまうような変更を聞き入れるところも苛立った。

　そのうちに不協和音がオーナーの耳にも入り、苦言を呈されることになった。「一緒に働く人間を敵に回すようなやり方をするな」と。

　敵に回す気なんてない。戦友になってほしい人間たちが一緒に戦わないので、一人で戦うしかないだけだと言ってやりたかった。一度でも気を抜けば転げ落ちるような綱渡りの状況を、日々全力で走り抜ける。そうして紙一重で手にした勝利を積み重ね、客足も評価も保っているのだ。どうして一人で最前線に立って戦わざるを得ない俺が、後方にいる奴に媚《こ》びて優しくしなくてはいけないのか。

それでも不承不承、態度を変えようと試みた。できて当たり前だと思えることでも褒める努力をしたり、苦手な雑談をしようとしたり。苦痛で仕方がなかった。そんなことに力を使うくらいなら、料理に全力を注ぎたかった。

自分が倒れると回らない状況はまずいという意識はあったので、一番有望だと思えるスタッフをスーシェフとして育てようと指導を始めた。子供を相手にするような気持ちで、懇切丁寧に教えた。

ようやく、俺の代わりとまではいかないまでも、大半を任せられるかもしれないというところまでいったあたりで、そいつはあっさりと店を辞めた。「ここで吸収できることはしつくしたので」という言葉を残して、別の有名店に移った。

その恩知らずの代わりとして入ってきたのが、モネだったのだ。

モネが入ってくると、いつもその場の空気が一瞬で軽くなった。

張り詰めていた糸がゆるむのが体感できるほどで、スタッフたちがリラックスするのも目に見えてわかった。

最初はかなり扱いに困った。初対面から友達のように話しかけてくるし、派手な柄のターバンのようなものを巻いて仕事をするし、オンオフの区別なく雑談ばかりするし、真剣なミーティングでも、いつも一人で歌っていたりふざけた発言をする。

それなのに、モネはあっというまに最初からいたかのように職場に馴染んだ。調理に関する勘所《かんどころ》が優れていて引き出しが多く、目を開かされる思いがすることもあった。だけど変に自分のやり方にこだわることもなく、どの業務も楽しそうに覚えた。

ゆるいモネがいることで、俺のやり方が変わったかというとそんなことはなく、むしろ一層細部にこだわり厳しくなった。どれだけ俺が空気を張り詰めさせても、モネが来ると中和してくれるという安心感が生まれたせいだ。同じ綱渡りでも、それまでの精神を圧迫するようなものではなく、落ちても下にネットがあるという感覚が生まれた。

店主催の料理教室や、地元の花屋とのコラボなど、モネは自分の多種多様なつながりを生かしたイベントを提案してきた。当初こそ懐疑的だったものの、そのいくつかを受け入れて実現させた。モネへの信頼と呼べるものが、そうさせたのだ。

「来週姉さんの誕生日なんだけど、ここに食事にきてもいい？」

ある日モネがそう切り出したとき、俺はなぜか驚いた。

「姉がいたのか？　もしかして親もいるのか？」

「いたらだめなの？」

「いや、瓜とか椰子の実から生まれたのかと思ってた」

「そうしてもよかったんだけど、たまたま人間から生まれたよ。僕も姉さんも」

「そうか」

「姉さんベジタリアンなんだけど、対応してくれるよね」

当たり前のようにモネは言い、やったことがないから無理だと言うのもプライドが許さなかったので、俺は引き受けた。

そうしてモネは、双子の姉――エミを店に連れてきたのだった。


エミを思い浮かべるとき、まっさきにその声が聞こえてくる。

エミの声は独特だった。一分のずれもない体の中心から出ているような、まっすぐ噴き上がる青い火柱のような声。真実だけが持つ質量が、瞬時に体の真ん中を打ち抜くような声。

エミの声が立ち上がらせるのはいつも、初対面で俺に言葉を発したあの場面だ。

モネが、エミと一緒に食事に来た日。デザートまで食べ終わったころを見計らって、俺は二人のテーブルへ赴いた。知り合いが客として来たら出て行くものだという慣習だけではなく、モネの姉というのがどんな人物なのか、見てみたかったのだ。

まったく、モネとは雰囲気が違っていた。

肌が浅黒く、南米や南アジアの血が入っているらしいことは共通しているものの、その浅黒さの種類さえ違っていた。モネのそれは日焼けのせいもあって、快活さを発散しているようなつやがある、明るいどんぐりのような色なのだが、彼女はしんと張り詰めた、意志の強さを感じさせる色だった。

まっすぐで艶のある長い黒髪を後ろでひとつに束ねていて、むきだしの額のきれいさに思わずみとれた。

テーブルに近づいた俺に気づいて視線を上げたその目は、人に決して馴れることのない野生動物を思わせた。整っているわけじゃない、ファニーフェイスの類いの顔立ちなのに、強く惹きつけられるものがあった。

可能性を秘めた未知の食材を前にしたときのように、胸が疼くのを感じた。

「お料理はいかがでしたか」

その日に限って、俺はその問いを発した。白々しい決まり文句だと、いつも口にすることがなかった言葉。訊いたところで、どうせ料理の真価を適切に表現できる客なんていないし、「美味しかったです」「ありがとうございます」と決まり切った型のやりとりをするのは時間の無駄、通ぶった奴の蘊蓄《うんちく》を聞かされるのはもっと無駄だと思っていた。

初めてのベジタリアン対応だったから、というせいもある。肉や魚を使わないという大きなハンデをカバーできるよう、スキルと知恵を総動員したという自信はあったけれど、どう受け取られるか気にはなっていたのだ。

『俺、すごいだろ』」

はっとするような低音の声。

「……って声ばっかり聞こえてくる料理でした。その声が大きすぎて、素材の声が聞こえなかった」

エミはまっすぐ俺の目を見て、そう言った。

あまりに予想外のことを言われると、かえって驚かないものだ。俺は動揺することもなく、かといって返す言葉もすぐに思いつかず、エミの目を見返した。

その目には何の作為もなく、透明だった。変わったことを言って存在感を示そうという自己顕示欲も、優越を誇示しようとする挑戦的な色もなかった。

「ごめんねー、李青くん。姉さん、本当のことしか言えないんだ」

モネがすまなそうに眉根を寄せ、何のフォローにもなっていないことを言った。

何度も、初めて会ったあの場面を思い出すたびに自問する。その後で起こるすべてをあらかじめ知らされていたら、エミを好きになることを止めようとしただろうか、と。

＊

「実は僕、豆の中でひよこ豆が一番好きなんだよ」

重大な秘密を打ち明けるように、モネが言った。

『パーティ』の前日。モネのキッチンで、二人で手分けして何種類もある豆を洗い、水につける作業を行っている最中だった。

「味もナッツみたいで香ばしくて好きだし、見た目もすごく優しい色合いで、ぽこぽこしてるのもいいし。一回、ひよこ豆で豆腐作ってみたことあるんだけど、コクがあってすごく美味しかったな」

英語でチックピー、中国語で鶏児豆。これをひよこに見立てた国は多かったようで、名前通りなんともいえず可愛らしい。

「李青くんは、どの豆が一番好き?」

まじめくさった顔で訊かれると適当に流すこともできず、俺はしばし考え込んだ。

「……黒い豆かな。見てると落ち着く。種類はなんでもいい、黒ければ」

「どうして?」

問いかけられて戸惑う。掘り下げた質問をされることに、まだ慣れない。

「……黒はどんな色も許容する。黒の前では、何もとりつくろう必要がないから」

自分の口から出た言葉に、奇妙な気分になった。俺はいつからそんなふうに思うようになったんだっけ?

深いえんじ色の金時豆。つややかな黒豆。大豆。模様が目を引くうずら豆、虎豆。花豆。レンズ豆。

スカーレットランナービーンズ、鳩の豆という意味のピジョンビーンズ、空豆に似たファバビーンズ、アパルーサビーンズ、クリスマスライザビーンズ、スペイン語で「山羊の目」を意味するオホデカブラビーンズ。モネの各国の友達から送られてきた豆たち。

これだけ豊富な種類の豆が並ぶさまは壮観だった。ものすごくにぎやかに感じるのは、単純に数が多いからだろうか。

水を張ったボウルがいくつも作業台に並び、その中に沈んだ豆たちはさっそく水を吸い込み、眠りから覚め生き生きとしてきたように見える。

「ブラックアイドピーはすぐ煮ても大丈夫だから、水につけなくていいんだったよな」

「これって目玉おやじに見えるよね」

ブラックアイドピーは日本語にすると「黒目豆」。たくさんの目に見られているような模様が少し不気味だが、アメリカ南部ではポピュラーな豆だ。「ホッピン・ジョン」という炊き込みご飯を作ることにする。アフリカ系の住民のソウルフードで、新年に食べると幸運をもたらすと言われている、日本のお赤飯のような位置づけのものだ。豆を豊穣や繁栄のシンボルとし、縁起がいいと見なす文化は多い。

「生のまま砕くのか？　茹でてからつぶすんじゃなくて？」

乾燥したままのひよこ豆の一部を、フードプロセッサーにかけ始めたモネに驚く。

「ハモスを作るには何種類かやり方があるんだ。この作り方だと硬派な食感になって、僕は好き」

ハモス、もしくはフムス。中東諸国で食べられるひよこ豆のペースト料理だ。日本だと砂糖で甘く煮るのがせいぜいだが、世界には多種多様な豆の調理方法があるのだ。それはたぶん、肉や魚の調理法の比ではない。

「Make Hummus, Not Wall」

突然、モネが試合前のチームコールのように雄叫《おたけ》びを上げたので驚いた。

「なんだよ、急に叫ぶなよ」

「壁ではなく、ハモスを作ろう。パレスチナに行ったとき、イスラエルとの間にある分離壁に描いてあったグラフィティにあった言葉なんだ」

「……気が利いたメッセージだな。リズムもいいし」

「いっそハモスで食べられる壁を作ったらどうかな」

「腐るだろ」

フードプロセッサーの唸るような作動音とともに、容器の中のひよこ豆が回り、クリーム色の嵐のようになる。虎が回ってバターになる絵本を連想する。

「李青くん、アフリカにも納豆があるって知ってた？」

作業をしながら、モネはとめどなく喋る。

「聞いたことがある。ナイジェリアだっけ？」

「ナイジェリアも、ガーナもブルキナファソも、西アフリカの十五ヵ国くらいで伝統的に食べられるんだけどセネガルに行ったときはびっくりしたなー。ネテトウっていう名前なんだよ。日本ではナットウって言うんだって話したら、似てる！　ってセネガル人と絶対に盛り上がれる鉄板ネタだった」

「そのまま食べるんじゃなくて、調味料とか出汁《だし》の位置づけなんだろ？　たしか、日本の納豆よりもっと黒っぽくて、乾燥させて丸めて売られてる」

料理や食の話だと、自然と饒舌《じょうぜつ》になる。俺のなかに貯蔵されている言葉なんてとっくに干からびていると思っていたのに、長年の習性というのはおそろしい。

エミも、そうだった。

俺と同じで、目的のない雑談は苦手。感情表現はあまりせず無口で、必要以上には喋らないのに、食と料理の話になるといくらでも言葉が出てきた。

そもそも、アフリカの納豆もエミから教えられたのだったと思い出す。出汁や調味料としての納豆という視点が新鮮で、次々と料理のアイデアが湧き、話が止まらなかった。エミは俺の言うことを一言も聞き流すことなく、ゆっくり消化するように反芻《はんすう》したり、ひとつひとつに律儀に自分の考えをつけて返してきた。

「アフリカの納豆も大豆で作るんだっけか?」

「パルキアっていう豆なんだけど、大豆と似てる。大豆と同じでそのまま加熱しただけだと消化しにくくて、体にあまりよくない成分もあるから発酵させるんだ。これだけ離れてても人類、やることは同じだね。自分がいる場所にある限られた植物を、少しでも消化が良くて栄養あるものにしようとがんばるんだ」

真逆の姉弟だけど、こうして食の話をしているときの楽しそうな感じは似ている。水を得て生き生きする豆のようにほとばしる言葉たち。

そう考えたとたん、エミがたくさんの乾燥豆をザルにあけるときの音が耳に触れたような気がした。自宅の台所から、店のキッチンから、波のように寄せてくる音。

雨粒がつぎつぎに喜びに満ちて降りそそぐような、祝祭のような音だった。

＊

エミがひとりでやっているちいさな店「ｍａｍｅ」は、その名の通り豆料理の店だった。モネに教えられて、初めてそこを訪れたのは、初対面からほんの数日後のことだった。元は鰹節屋だった町家を改装した店で、間口は小さく、道に面した窓には格子戸がついていた。店の前でしばらく迷ったあと、意を決して扉を開いた。

白い漆喰壁と板張りの床。こぢんまりした空間に足を踏み入れるとまず、ど真ん中にある赤みがかった一枚板のダイニングテーブルが目をひいた。鰹節の血合い部分のような色だと思ったのは、元鰹節屋だったという事前情報のせいかもしれない。八人から十人は座れそうなそれは、ちいさな店にはミスマッチなのに妙に馴染んでいた。

その他には、二人掛けのテーブル席が二つあるだけ。そっけないほどシンプルなところが、かえって落ち着いた空気を作っていた。営業開始時刻になったばかりだからか、まだ客はいなかった。

何かを煮込む、いい匂いがただよっていた。玉ねぎやトマトやハーブが、時間をかけてやわらかく溶け合っていく匂い。食べ物の匂いでほっとするという自分の反応に、戸惑った。あまり馴染みのない感覚だったのだ。

店の奥、狭いカウンターの向こうにあるキッチンは、板張りされたクローズドで、客の様子を窺ってサービスを行う店ではないことがうかがえた。右側にある出入り口には生成りののれんが下がっていて、腰の高さのバネ式扉がついていた。

こちらの存在に気づいたらしく、キッチンから聞こえる作業音が止まった。近づいてくる気配に、鼓動が速くなった。緊張なのか恐れなのかわからなかった。

「こんにちは」

顔を出したエミに声をかけられたとたん、それまでの逡巡が消えた。表情も言葉も愛想はないのに、なぜかこの場に受け入れられていると思わせる佇まいだった。

黒板を見て注文した日替わりのセットが、ほどなくしてテーブルに運ばれてきた。ハモスと薄切りのバゲット。レンズ豆のサラダ。スープ寄りの黒っぽい煮込み料理。

拍子抜けするほどふつうの料理だった。たしかに「俺すごいだろ」とは言っていないだろうが……。戸惑いながら、食事を始めた。

そして俺はエミの言葉の意味を、その料理を通じて否応《いやおう》なく知ることになった。

まるで食材同士が自ら出会って自然とこの形になった、と思えるくらい、人が調理したということを感じさせなかった。

いつも人が作った料理を食べるとき、内心で細かく批評する習性があった。このソースにからめるならアスパラのゆで時間はあと十秒短くするべきだ、コースの構成がうまくない、もっと身の締まった小ぶりの鯛を使うべきなのに、等々。だけどエミの作ったものに批評の余地なんてなかった。というか、批評やレビューというものからもっとも遠いところにあるような気がした。

水のように体に馴染む。こんなにも研ぎ澄まされたシンプルというものがあるのか。

どうしてこんなに単純に見えるのに、言語化できない情報が一瞬にして、高い次元で伝わってくるのか。どういうからくりで生み出しているのか、まるで読めなかった。たとえるなら、ずっと西洋画を描いていた画家が初めて水墨画に出会った衝撃のようなものだった。

ごちそうさまでした、のあとに続く適切な言葉を思いつかず、

「キッチンを見せてもらえませんか」

なぜかそう口にしていた。

エミがわずかに眉根を寄せた。

「どうして?」

「どんな場所で生み出されたのか見たいんです。これまで体験したことない料理でした」

自分でもおどろくことに、俺は「お願いします」とまで口にしていた。

「俺のことは気にせずやることを続けてくれていたらいいです。ジャマにならないように端にいますから」

「モネ以外が入るのは嫌なんです」

そう言ってからエミは、ふっと俺から視線を外した。口から出た自分の言葉を見つめるような仕草だった。

「……でも、ほんの少しなら」

エミのキッチンは、静謐《せいひつ》だった。

食材たちを真剣に見つめ、かつて生きていたことを損なわないよう注意深く手を動かし、新

しい生を授ける。純度の高いその積み重ねが、ひっそりとそこに在るのがわかった。

何かが張り詰めている。それは同じなのに、エミが料理をおこなう場所は戦場ではなく、宗教的な場所のようだった。

元々、改装からモネとふたりでやっていた店だったらしい。オープンからしばらく経って、モネが旅に出ることになり、エミだけの場所になった。確かにこのキャパシティはひとりで十分回せる規模だろう。

料理をするエミの動きは、これまで見たどんな料理人とも違った印象だった。最低限の動きに気迫があった父親とも違う。世界最高峰のスペインのレストランで働いていたキッチンスタッフたちの、早送りの映像のようなきびきびして無駄のない動作とも違う。

どう形容すればいいのか、わからなかった。わかるのは、言葉にならないもどかしさゆえにずっと目が離せなくなるということだけだ。エミが包丁で野菜を切る音とリズムが心地よく、ずっと聴いていたくなる。

キッチンシエルフに並んだ保存瓶に入った何種類もの豆が、シンクに向かって手を動かしているエミを見守っているように見えた。

エミは豆を洗い始めた。

「どうして豆料理なんですか」

キッチンの調和を壊さないようおそるおそる出した自分の声が、ずいぶん頼りなく聞こえた。

エミは一瞬、作業を続けるか迷うようなそぶりを見せてから、潔く手を止めた。

「どんな宗教と文化を持った人でも食べられるタンパク源だから」

「なるほど」

豚肉やウナギ、タコ、ハラル認定のない肉魚を食べないイスラム教。牛や豚を食べないヒンドゥー教。厳格な仏教は完全菜食だし、他にも俺が知らない禁忌を持つ文化はたくさんあるだろう。

博愛主義めいた言葉は、人と馴れ合わなそうなエミから出るのが意外な気もしたけれど、さっきの料理を食べた後だとすんなりと受け入れられた。

「栄養価も高いし、腹持ちも良いし保存もきく。栽培も難しくない。これほど人間を救う食べ物はないかもしれないですね」

俺の言葉を聞いて、エミの目に「そうそう!」というようなきらめきが走った。

食の世界共通語があるとしたら豆だと思う、とエミは言った。

「また来ても……」

口にしかけて、

「通っても、いいですか」

と言い直した。なぜ共通語を探して、それを使おうとしたのか。どういう道を経てこういう料理を作るようになったのか。知りたい、と思った。

エミが微笑んだ。

「あなたが食べたいと思うなら、何度でも。それがわたしのやることだから」

大きな笑顔ではないのに、顔にぱっと光が差したように見えた。


「姉さん、本当のことしか言えないんだ」。モネが言ったとおりだった。

素材の持っている性質をそのまま生かすように、エミは言葉も扱っていたのだと思う。言葉の持つ性質を勝手に加工せず、まっすぐに相手に届けようとしているようだった。言い換えれば、言葉そのものに敬意を払っていたのだ。だから、加工されたものばかり摂取してきた人間からすると、いささか処し方に困るものだったのだと思う。

エミは、テクニックとしての言葉の応酬や、人に与える印象を計算した態度、愛想笑いというものがまるでできなかった。それらが社会性と呼ばれている、建前やごまかしだらけのこの世界で、エミがこのまま生きてこられたことはある種の奇跡だと思えた。

俺は、常にエミの言葉を正面から受け止められる人間でありたいと願った。エミの料理を何度でも体に取り込みたいと思った。そうすることが、自分自身も、自分が作り出すものも劇的に変えてくれる予感があった。それがあまりに大きくて、その力に引きずられるようにしてエミとの距離を縮めた。

つまりは、下心のある常連になった。

エミの料理を食べるようになって、俺は少しずつ、確実に変わっていった。

それは仕事を始める前の心持ちであったり、使う言葉であったり、完成度というものに対する概念であったりした。

もう少し大げさな言葉を使うなら。

世界の見方そのものが、細胞レベルで変わっていったと言ってもいい。

エミへの気持ちは、どんどん大きくなっていった。エミの方も好意を持つようになってくれていたように見えたけれど、許される距離感を間違えてあと一センチ近づけば突然ぱっと飛び退《の》かれるかもしれないという、野良猫を相手にしているような緊張感が常にあった。

だから、伝えるべきかぎりぎりまで迷ったし、タイミングには細心の注意を払った。

承諾してもらった瞬間と、その後に俺が初めて付き合う相手だと伝えられたときの、昂奮と誇らしさの混じった喜びは、忘れられなかった。

＊

〝パーティ〟当日の朝。

漂白されたような冬の光が差し込んできて、目が覚めた。モネの台所の隅にある折りたたみベッドの上で寝返りを打ち、窓の方へ体を向ける。蓄熱性の高い壁材を使っているのか、室内の空気はあまり冷えていない。しばらく、ストーブの前に積まれた薪の切り口の毛羽立った繊維をぼんやり見つめる。

ずいぶん長い時間眠ったようだった。

何かが決定的に変わったという感覚がよぎるが、言葉として形になることはなく、モネが起き出すまでの間、俺はただ横たわっていた。結露でくもった窓ガラスの向こうに広がる空が、段階的に白色を重ねるように明るくなっていく。

モネが身動きした。起きるのかと思ったらまた布団をぴったりかぶると体をまるめた。布団が平らな状態からまるく膨らみ、発酵したパン生地のように見える。

いいかげんに起きろという意味で布団をはぐと、モネはこっちが驚くほど大げさにびくりと体を跳ねさせた。半身を起こし、こちらを見る目に非難の色を浮かべてから、ふうっとため息をついた。

ふたりとも一言も喋らないまま客を迎える準備をするあいだ、俺はしげしげとモネをながめた。身長に対して意外とちいさな手。蛇行しているようで規則性のある動き。厚めの唇が両端に引き上げられた口角。瞳の色は、その時々で賢者のようにも呆けたようにも見える。ディテールがばらけて、瞬間ごとにあたらしいモネ像をつくるような感覚をおぼえた。

言葉を交わさないとそのぶん、相手をよく見るようになるものだなと思う。

最初にやって来たのは、大きな紙袋を持った真面目そうな顔の青年だった。

顔も体型も細いので、全身白のコーディネートだとホワイトアスパラガスのように見える。モネに伴われてキッチンに入ってきた彼と目が合い、黙礼した。顔に軽く緊張が走り、口を開いて何か言いかけた彼は、慌てて息を飲み込んで口を押さえ、苦しそうな表情を浮かべた。

話すことはほとんどの人間にとって反射とも言えるので、慣れていないとさぞ大変だろうと思う。

彼が、紙袋から陶器の器を出して作業台に置いた。

ひとつは、直径三十センチほどの浅めの大鉢。薄灰がかった生成り色だ。おそらく手作りなのだろう。この手の器にしては薄めで端正なつくりなのにどこか抜けた感じもあり、この人物の人となりが垣間見えた気がした。

こんなふうにじろじろ見るのは人間界ではマナー違反だったろうか、とも思うが、彼の方がこちらを見る頻度も高い。いささか遠慮がちにではあるが。言葉を交わさないぶん相手をよく見るし感じ取ろうとするのだな、とまた同じことを思う。

人と人は、言葉によって煙幕を張りあっているようなところがあるのだろう。

もう一つは、鮮やかな青と黄色で絵付けがされた平らな大皿だった。ずいぶんと印象が異なる。

彼が大きなタッパーを取り出して蓋を開けると、スパイスの香りが弾けた。

意外だった。見た目からなんとなく、冷たくて淡泊な味のものを作ってきそうな感じがしていたのだ。白和えとか、マリネとか、漬物とか。

ここを訪れたことがあるらしく、彼は迷いのない仕草で鍋が入っているシンク下の扉を開けると、大鍋を取り出した。移し替えたカレーを火にかけると、よりいっそうスパイスの香りが広がっていく。

ホワイトアスパラガスの彼が大鉢の方に、温めたカレーをよそいだした。

俺はカラフルな平皿にそっと触れてから自分を指さし、目で問いかけた。

彼はこくこくと頷きながら口を開きかけ、また眉根を寄せて苦悶の表情になった。平坦なようでいて、顔から気持ちがわかりやすい奴だ。

俺はその大皿に、冷蔵庫から出した薄茶色いピュレを載せ、平べったく広げていく。メキシコのピントビーンズのピュレだ。昨日、日付を間違えてやってきたメキシコ帰りのモネの友達が置いていった。青ネギを散らし、隣にトルティーヤチップスを盛る。

思った通り、その大皿の彩りは、地味なピューレの色をことのほか引き立てた。ホワイトアスパラガスが何の意図で持ってきたのかは知らないが、まるでこの料理のために現れてくれたような皿だと思う。

ひよこ豆のサラダに混ぜ込むため、豆と一緒に皮ごと茹でたにんにくをひとつずつ、皮からチューブをしぼるように加えていると、不意に胸が苦しくなった。

料理をするひとつひとつの動作に、エミの思い出が宿っているのだ。

胸の痛みを味わうように目を閉じる。また目を開けると、ダイニングテーブルの向こうに飾った絵が見えた。

厚手の赤い両手鍋の絵。

鍋に面影という言葉を使うのは変だが、その絵は、エミが使っていた頃の鍋の面影をとらえているように見えた。「しょうがないじゃん。実物は李青くんが持ってってっちゃったから代わりに描いたんだよ」とモネが昨日、言っていた。

鍋のまわりに塗られた不思議とあたたかみのある黒が、あの夜を思い出させる。

＊

付き合い始めて一ヵ月ほど経った頃だった。はじめてエミを家に泊めることになった。

俺は、誰かが隣にいるとちょっとした身じろぎでも目が覚めてしまうので、一緒に眠るということが苦手だった。ただでさえ睡眠時間が短いのにそれでは悪いと、エミは別々に寝ることにすんなり同意してくれた。

エミには俺のベッドを使ってもらい、俺はソファで寝ることにした。いつもはスタンドライトをつけたまま寝るのだが、消した方がいいかどうかエミに尋ねた。

「わたしはまっくらな方が好き。粟生さんは？」

「俺はちょっと明るい方が寝やすいほう。けどいいよ、消そう」

灯りを消すと、闇とともに達成感のようなものに包まれた。一緒にいてくれる人のための小さな譲歩に、自分自身が満たされるのを感じた。

俺とエミは何もかも違っていた。俺は深煎りのコーヒーが好きで、エミが好きなのは淡い味の和紅茶。俺は靴下が好きじゃなく、帰宅したらすぐに脱ぐけれど、エミは二枚も三枚も重ねばきする。意外だったのは、エミの部屋のステレオから流れるラテン音楽だった。朗々と歌い上げるボーカルやギターは最初、エミの住み処にはいささか饒舌で暑苦しすぎるように感じた。けれど、その底にある哀しみのようなものに俺はいつしかなじむようになっていた。

台所には、昨日買ったエミの好みの紅茶があり、玄関にはエミのために買ったスリッパがあった。

暗闇がふしぎな親密さを作り出し、いつしかお互いに子供のころの思い出を話していた。

エミとモネは、十歳で両親が離婚した後、ミュージシャンの父親に連れられてアメリカから日本に来た。アメリカ暮らしはほんの数ヵ月で、それまでは母方の親戚がいるキューバで数年暮らしていたこと。学校で居場所がなかったこと。父親の再婚相手にも、可愛げがないと避けられていて、彼女の作った料理をほとんど食べなかったのでよけいに怒りを買ったこと。なかなか日本語が覚えられなかったこと。

「モネは、最初からどんどん喋れるようになっててすごいなって思った。わたしはだめ。喋れるようになろうっていう気力がなかなか湧いてこなかった。言葉って、希望なんだと思った」

「希望?」

「そう。人への希望が持ててないから、使えないんだなって。言葉を覚えるモチベーションて、その言葉で話したい人がいるかどうかだよね。わたしはそのころ、本当に話したいのはモネしかいなかったから。わからない言葉に囲まれてるのが怖かった。正しく伝えられるのかどうか、考え出すとなかなか言葉が出てこなくて、しばらく学校では話せない病気だと思われてたの。実際に病気だったのかもしれないけど」

暗闇のなかにそっと置かれたエミの声は、いつもよりずっとやわらかく、頼りないように思えた。

肉食をやめたのが十二歳の時だったことも話してくれた。畜産の現状と地球環境への影響を知る機会があり、受け付けなくなってしまったという。

「ベジタリアンだって言うと、どうしてか攻撃的な態度を取られることがあったの。そんなのギゼンだって言われたこともあった。その時はまだ語彙《ごい》が少なかったから言葉の意味がわからなくて、後で調べた。ニセモノの善？　どうしてわたしが食べるものがニセモノの善なんだろう？　って、やっぱりわからなかった。今はちょっとわかる。自分と違う人が存在するだけで、どうしてだか自分が否定されたと考える人がいること。自分の思う善以外はニセモノだって思うのかもしれないね」

家の近くにあった食堂が好きで、そこでアルバイトを始めてから語学力が飛躍的に伸びたこと。風変わりな常連ばかりの店で、その店を窓口にするように、人と話すことができるようになったこと。

エミが多くの言葉を紡いでくれるのが嬉しかった。「こんなに話せたのは栗生さんが初めて」と言われ、優越感にひたっていたときだった。

「栗生さんは、どうして料理をするの？」

不意に訊かれて面食らった。誰からもされたことがない質問だったから。

「……なんだろう。自分を表現する手段、なのかな」

初めて答えることだからか、どうもしっくりこなかった。

「わたしは、年齢的に大人になったいまでも話すのは苦手。言葉のかわりにずっと料理だけしていられたらいいのにと思う」

頼りなく揺らぐ声で、エミは言った。今にも消えそうなろうそくの火のようだった。

あの夜にやっと気づいたのだ。自分がとんでもない勘違いをしていたことに。

まっすぐな言葉を発するのを恐れないエミは、強い人なのだと思っていた。そうじゃない。防御のための言葉を持たないこの人は、いつも無防備に内臓を外部にさらしているのと同じようなものだったのだ。

そんなエミにとって自分の店はシェルターで、同時に他人とつながれる唯一の場所だったのだと。

＊

甘い香水をつけているのかと思ったけれど違った。軽やかなボブヘアのその女性が入ってくるなり台所に漂ったのは、バニラの匂いだった。

持ってきたトートバッグから、出始めの苺や生クリームに続いてバニラエッセンスを取り出したときにそれがわかった。蓋を閉め忘れたのだろうか、と思ったけれど、よく見たら生成りのトートバッグにいくつも茶色いシミが散らばっている。誰かがわざとやらない限り、あんなふうにこぼれはしないだろう。

なんとなく、一人暮らしではないなと感じた。彼女の纏《まと》う空気に、どこか騒がしい気配があったのだ。ホワイトアスパラガスと違って、彼女が入ってきたとたんに台所の空気が大きく動いたような気がしたのはそのせいだったかもしれない。

バニラの彼女と一緒にやって来た背が高い同世代の女性はもっと圧力があった。

ぱっと見た感じ、バレーボール選手のように見える。ポジションはアタッカー。栗色のウェーブがかった長い髪をまとめていて、狭い額をすっきりと出している。きりっとした眉の下にある目が値踏みするように俺を見た。彼女が発する切れ味の鋭い声が想像できるような気がする。

二人とも白い服を着ているけれど、まるで印象が違う。バニラさんが、量販店のものと思われるゆるいシルエットの白いニットワンピースなのに対して、アタッカーの彼女は白いシャツに、センタープレスの白いパンツという格好だった。シャツはおそらくシルクなのだろう、高そうな服だ。

二人ともしばらくは身の置き所を探るようにあたりを見回していたけれど、すぐに馴染んだ。

それぞれに、作業台の上に自分の調理スペースを定めると、ためらいなく作業を始めた。とはいっても、アタッカーが持ってきたのはスライスした肉だ。フライパンを取り出したものの、他の人間を見渡してまだ焼くタイミングではないと判断したらしく、手伝いを申し出るようにバニラに近づいた。

バニラに渡された、ボウルに入った苺を、アタッカーがぼんやりと見下ろす。どうしていいのかわからないらしい。

バニラはアタッカーの顔を見上げて腕をつつくと、お手本を見せ始めた。ボウルに入った苺の半分はスライス、もう半分はダイス。身振り手振りで伝えている。アタッカーはそれに従い、ぎこちなく苺を切り始めた。

甘酸っぱい匂いが、まだ少し先の春の予告のように漂ってくる。

俺は、黒豆のスープの味の調整にかかり始めた。知らない人間とこんなふうに調理場を共にしていても、言葉を使わないと楽だ。それぞれが相手の気配を読み、お互いに邪魔にならないように動いたり、さりげなく手助けをしているさまは平和的だった。

ホワイトアスパラガスはアシスタント気質なのか、こまごまと洗い物をしたり、バニラとアタッカーのバッグを邪魔にならない場所によけたりとさりげなく立ち働いていた。モネは、ダイニングテーブルに白いクロスをセットしている。

鍋の中をかきまわし、お玉に当たる感触で豆の煮え具合を探っていると、ふと視線を感じた気がした。

顔を上げて出所を探すと、ホワイトアスパラガスがアタッカーを見つめる視線に行き当たった。俺に向けられたものではないのに気づいたのは、そのまなざしに熱がこもっているせいだったらしい。

アタッカーが切り終わった苺を、かいがいしく器に移しているホワイトアスパラガス。ちらちらとアタッカーを見るその顔には、「素敵な人だなあ」とくっきり書いてあった。

本当にわかりやすい奴だ。初対面でエミを見ていた俺もあんな顔をしていたのかもしれない、と思うとまた胸が苦しくなった。

こんなふうにずっと、ただエミのことを見ていたら。

外界にも、自分の焦りにもふりまわされず、本当にエミ自身を集中して見つめていれば。

出すべき言葉が、行動が、わかったのだろうか。逃すべきでない時を、ちゃんと見極めることができたのだろうか。

*

その新型ウィルスがニュースに出始めた冬、俺は悩んでいた。

モネは少し前に店を去っていた。入ってきたときと同じように、またふらりと旅立っていたのだ。痛手ではあったけれど、他の人間が辞めるときのようなネガティブな感情は湧かなかった。季節によって風の方向が変わるようなもので、そういう生態の生き物なのだろうという受け止め方だった。

このままでいいのか。モネが去ったあとの空白のなかで、逡巡することが増えた。

マネジメントが向いていないことは気づいていた。料理の追求と、人を束ねることを両立できる器用さが自分にはないことを、もう認めざるを得なかった。

このまま、この店でキャリアを積むためにマネジメントスキルを磨くのか、一人でできる規模の自分の店を持つのか。どちらに舵《かじ》を切るべきか、決めきれずにいた。

ところが、そんな迷いを強引に押し流すように、急激に時流は変わっていった。

ウィルスは恐ろしいものとして報道され、対岸の火事のようだった感染が身近に迫ってくるというムードが流れ、マスクや消毒液を求めて人が列を成した。街には人出がなくなり、外食は不謹慎なものとなり、テナントとして入っている商業ビル自体が営業停止するという通達があり、店も休業を余儀なくされた。先が見えない状況の中で、悩んでいたどちらの道も閉ざされたように感じた。

同じ時期に、エミの店に予期せぬことが起こった。

エミの住む街で初めての感染者が出たと報道されたあと、感染者が行った店としてｍａｍｅの名がネットの掲示板に上がったのだ。『保健所で働いている家族から聞いた』というコメントの真偽はわからないし、たとえ感染者が店に来たことがあるからといって店で感染したという確証などないのに、その情報は瞬く間に拡散した。

一年以上前にローカル紙で取材されたときのエミの顔写真が転載され、『マスクをつけずに営業している』という誤解を書き込んだコメントと共にさらに広がった。

不定休等を知らせるためにエミが細々とやっていたｍａｍｅのＳＮＳアカウントには、『ウィルスをばらまく店はつぶれろ』『死にたくないからこの店には絶対に行かない』『こういう甘い考えでやってる店が被害者を出すんだよ』『こういうオーガニック系の店やってる人って、根拠のない民間療法とかでウィルス予防できるって考えてそう。ほとんど宗教だよね』等のメッセージが何十件も書き込まれた。

噂は事実無根であることを書いたエミの投稿にも、『証拠はどこにあるんですか』『証明できるんですか』等のコメントがついた。

「証拠はあるのかって、こっちが訊きたい」

手で顔を覆ったエミがつぶやいた言葉には、静かな怒りがこもっていた。反論のコメントを書こうとするエミを俺は止めた。

「こういうのは無視するのが一番いいよ。この手のネット住人は反応すると余計にヒートアップするだけだから」

店にも、何度も無言電話がかかってきた。

エミはそれでも営業を続けていた。毎日食べに来てくれる人がいるし、ここで休んでしまったらデマを認めたように見えるからと言って。

しかし一週間ほど経ったころ、新たなメッセージが書き込まれた。

『お店付近に住んでいる者です。マスクもつけずに平気で咳をして歩いています。家族がうつされてしまいました。人殺しです。以前から、店主はすごく態度が悪くて、近所でも迷惑がられていました』

続けて、他のアカウントからもコメントが続いた。

『私はお店に行ったことあるけど、店主は人をなめたような態度だった。こんなことがあっても営業し続けてるなんて、どういう神経してんの？　感染して真っ先に死んだらいい』『食べに行ったけど激マズだった。よくあれで店やってるな』『地域の迷惑です。閉店してほしい』『引っ越せ』『ここの管轄の保健所の連絡先のリンクです。匿名でもクレームを入れることはできますので、皆さんご参考に』

グルメサイト等にも、一連のコメントを転載するリンクが貼られた。

エミは日に日に疲れ切った顔になり、動きが緩慢になっていった。行き帰りに誰かに見られている気がすると言って怖がるので、一緒についていった。心配だったので、行けるときは俺も店に行って見守るようにしていたけれど、エミはたまにぼんやりと動きを止めることがあった。

「誰が書いたんだろう、そんなこと絶対ないと信じてるけどもし常連さんだったら……と思うと、お客さんが来てもどうしていいかわからなくなることがあるの。知らない人のために料理をするのが怖くなる」

キッチンから聞こえる包丁の音も、豆を洗う音も、以前の心地よさを失って、乱れた不協和音のようになり、とうとうエミは店に行けなくなった。

警察に相談したけれど、反応は鈍かった。

ならば民事で訴えようと俺は息巻いて、一緒に弁護士に相談に行ったけれど、かかる費用と手間を前にしてエミは足を止めた。書き込んだ人物を特定しても、もしそれが知っている人間だったらという恐れもあったのだろう。

弁護士には、もし気が変わって訴えることにした場合に備え、書き込みの証拠を取っておくようにアドバイスされた。「新しい書き込みのチェックも代わりにやるから、エミはもう見なくていい」と、俺がその役を買って出た。

店を休業にしたエミは精彩を無くした。家でもほとんど料理をしなくなり、つねに声が届きづらい水の中にいるような状態だった。

何を言えば良いのか、何をしてあげたらいいのか、何も思い浮かばなかった。何かに対してあれほど手も足も出ないなんてことが、自分に起こるとは思っていなかった。俺はただ息を詰めてエミのまわりをうろつき、何かしなくてはと焦るあまり、時折的はずれな言動をすることしかできなかった。まるで、使えない指示待ちの新入りスタッフだった。

そこで俺が打ち込み始めたのは、自分の店を開く準備だった。

直接のきっかけは、オーナーから閉店するという通達を受けたことだ。大きな焦りも後押しし、これをきっかけに独立するしかないと思った。

俺が前に進もうとしている姿を見れば、エミにもいい影響があるんじゃないかという考えもあった。ｍａｍｅを再開できなかったとしても、俺が独立すれば一緒に働くという手もあるし、軌道に乗ればエミの生活の面倒を見ることもできるかもしれない。

そのために、一刻も早く準備をしなくては。ウィルス騒ぎが収束した後じゃ遅い、収まったタイミングですぐ走れるようにしておかなくては。そんな考えに取り憑かれ、事業計画に時間を費やすようになった。並行して、取材を受けたことがあるグルメ雑誌やローカル誌、フードライターなどに連絡して、来春頃オープンするつもりであることをそれとなく宣伝した。

勘が鈍らないよう、家では試作を兼ねて毎日料理をした。動物性のものを使わない料理も作ってみては、エミのもとへ持って行った。

言葉でできることがないなら、料理で示そうと思ったのだ。家にこもっているから、あまり重たくない調理法で。栄養バランスを考えて。見た目もカラフルにして気分が上がるように。エミのことを考え、趣向をこらしたものを、二日に一回ほどのペースで家まで持って行った。

エミはほとんど食べられないことが多かった。だけど三分の一ほど食べ進める日もあり、そんな日は嬉しかった。プレッシャーにならないよう、料理を持って行くのも、エミが残したものを始末するのも感情を見せず淡々とやった。俺ができることをするだけ、食べてほしいなんて期待せず、ただ習慣として続けようと思っていた。

その日は、寒さに湿気が入り交じった底冷えのする日だった。

日中不動産屋に足を運んだものの、第一希望だった物件が借りられないとわかり、落胆して帰宅した。重い気持ちをひきずったまま、日が陰り始めた部屋でいつものようにパソコンを開いた。

ｍａｍｅに関する書き込みは最初よりは落ち着いたものの、日によっては未だに何件もあった。感情を使わないよう、機械的に記録を取っていたときだった。

画面の下に映った最新の書き込みを目にした俺は、思わず「おい」と声に出していた。スクロールする冷えた指先から、寒気が全身に伝ってくるような気がした。

＊

真っ白なクロスをしいたテーブルにさまざまな豆料理を並べる。

俺が動き出したのを機に、アタッカーが肉を焼きはじめた。フライパンが立てる音をＢＧＭにするように、一人、また一人と新しいゲストが入ってきた。総勢十名ほどが台所にひしめき合い、順番に食器棚、冷蔵庫、ガスレンジ、最後にダイニングテーブルへと流れるように作業し、それぞれの持ってきた料理を運んでいく。年齢も性別も体型も人種も、生きている世界もおそらくばらばらな客層なのだが、全員が白い服を着ているので、どこかひとつのグループのように統一感があった。

彼らは自分の料理を載せた器で、クロスの白い空白を思い思いに埋めていった。テーブルの上に自分の居場所を見つけて居を構えるように。

俺は最後の料理の仕上げに入っていた。

エミが一番よく作っていた、黒豆で作る煮込みとスープの中間のような、南米でよく食べられている料理だ。各国でそれぞれ呼び名が違い、料理法や味付けも少しずつ違う。

にんにくと塩だけを使ったシンプルな味付けのもの、豚肉と牛肉を一緒に煮込んだもの、数種類のハーブを入れたもの。

エミの作っていたのは、豆そのものの味がストレートに伝わってくる料理だった。しっかりした豆の味の向こうで、香味野菜やスパイスが、これ以上入れると豆の味を邪魔してしまうという絶妙なところで良い仕事をしているのが感じられるような味。素朴を通りこして貧乏くさいと言われてもおかしくない料理なのだが、全くそうは感じさせなかった。

崩れかけた豆の、やさしくてなめらかな食感。食欲がないときでも、するすると体に入っていった。シンプルだけど心遣いが感じられ、毎日でも食べ飽きない料理だった。

台所に立っていたエミの面影を追うように、火加減を調節し、少しずつ塩を足す。

彼女が作っていた味の記憶を辿って、それを今に再現しようとすること。まるで、俺の中に残っている彼女の魂のかけらを、実体として蘇生させようとしているような気がした。

ふつふつと音を立てている鍋に顔を近づけると、ふわりと熱気をはらんだ風が舞い上がった。火で温められた空気は上昇するんだなと、当たり前のことを思う。最初は鍋の半分ほどあった水がほぼなくなっている。蒸発して、空気とともにどこかに行った水たちはまだ、この部屋のなかにいるのだろうか。

こんなふうにまともに料理をしたのは久しぶりなせいか、一人でいたときには現れなかった思考や感情がふつふつと湧いてくる。

火を止めて、刻んだパセリを鍋の中に散らす。

皿を出す前に、集まった人たちの人数を数えながらふと気づいた。無人島で一人暮らしていたときだって、料理はしていた。缶詰を温めたり、採った貝や魚を焼いたり、食べられる植物を炒めたりするのを料理と呼べるならば。

久しぶりなのは、自分以外の誰かが食べるための料理をすることなのだ。

*

「暖房もつけないで何してるんだよ」

エミの部屋に入ったとたん、思わず咎めるような声が出た。

冷え切った暗い部屋の中でエミは、ベッドに腰かけてぼんやりしていた。

暖房と電気をつけ、キッチンに立つとお湯を沸かした。シンクに、封を切ったレトルトカレーのパウチが置いたままになっていて、中身を出したときについた黄褐色がべったりと袋の切り口についていた。俺の作ったものを食べずにこんなものを、と一瞬苦い気持ちになった。

フリーザーバッグに入れて持ってきたポタージュを、赤い琺瑯《ほうろう》鍋に移してとろ火であたためた。待つ間に、エミに紅茶を淹れて持って行った。

エミはあたたかい飲み物を飲むときも、取っ手のついていない形のカップを好んだ。熱くないのかと心配になるが、両手でしっかり包み込むようにして持つのだ。

だけどそのとき、ちびちびと紅茶を飲むエミは、今にも落とすのではないかと思うほど手に力が入っていないのがわかった。やつれたエミは、手首もすっかり細くなっていた。

赤褐色のレンズ豆のポタージュを器に入れ、クミンをほのかに効かせたにんじんのピューレ、ねぎのピューレの二色で表面に花畑の絵を描くように盛り付けをした。発酵香でアクセントをつけるため、フリーズドライの納豆パウダーをほんの少し振りかけた。

思い描いたとおりの出来ばえを見ると、いくらか気分が晴れた。これならエミも喜ぶんじゃないかと思った。

あたたかいうちにテーブルに出した皿の前に、エミが座った。あまりじろじろ見ないようにしながらも、横目で様子を窺った。

エミは一口食べたとたん、一瞬失望したような表情を浮かべた。それから耐えるように眉根を寄せて咀嚼し、苦しそうに飲み込むと、うつろな目をして手を止めた。

胸に広がる落胆があまりに大きくて、自分で驚いた。

「つらいのはわかるけど、ずっとそんな態度だと正直、こっちも参るよ」

言葉が口をついて出た。

後にも先にも、俺が感情的になってしまったのはその時だけだった。これ以上、何をすればいいというのか。疼痛のような苛立ちに飲み込まれた。

「……今日、俺のことを特定する新しい書き込みがあったんだ」

俺とエミが一緒に写った写真を、前の店のスタッフがｍａｍｅのタグと共にＳＮＳに上げた投稿があった。あるイベントでエミが店に来たときに撮られたものだ。かなり前のものなのに、それを誰かが探し出し、ある掲示板にリンクを貼っていたのだ。それと一緒に引用されていたのは、地域情報のウェブマガジンの『飲食業界苦境の中、未来を見る料理人たち』という特集で、最近俺が取材を受けた記事だった。

『料理人同士の愛から生まれるイノベーションに期待したい』という文章。新店ではベジタリアン向けのコースも出す予定だと言うとライターに突っ込んで訊かれ、つい「彼女の影響で」と口を滑らせたのだが、それがこんなふうに書かれているとは知らなかった。

リンクを貼られた二つの情報に対して、『この料理人と付き合ってる。こいつのモラルも疑う。命を軽視する人は飲食店なんか開かないほうがいい』などと書き込みがあったのだ。

隠しておくつもりだった。エミの心労を余計に増やすだけだから。自分一人で対処すればいいことだ。そう思っていたのに、思わず口から出てしまった。

ずっと悪意のある言葉を毎日見続けて、記録を取る作業に、自分でも気づかないうちに疲弊していたから？ 先が見えない不安、自分の夢に影響が出るかもしれないという恐怖、疲労からのストレス。自分の努力が報われない徒労感。ネガティブな要素があの一瞬ぜんぶ重なってしまったから？

すべては言い訳だ。

「……ごめん」

スプーンを置いてうつむいたエミのただならぬ様子に、鼓動が速くなった。

「あぁくそ、言うつもりなかったのに。こっちこそごめん、気に――」

「ごめん、作ってくれたのに食べられなくて。味がしないの」

「謝らなくていいよ。かなり淡めの味付けにしたから、薄すぎたかな」

「そうじゃない。どんなものも、味がわからないの。匂いも」

みぞおちを殴られたような衝撃を感じた。

「……いつから」

「ずっと。お店を休む少し前から」

だからエミは料理をしなくなったのか。だから俺の作ったものも食べられなかったのか。

手が震えそうになって、俺もスプーンを置いた。エミが、受けた攻撃にどれほどの痛手を負ったのかも、エミにとって店がどれほど大事かということも、わかっていたつもりだった。

つもりになっていただけだった。

鼓動で視界が揺れた。このことの大きさだけは、瞬時にわかった。料理を生業《なりわい》とする人間にとって、味がわからなくなるということがどういうことなのか。

ストレスから来る一時的なものだ、そのうち良くなる、気にしすぎはよくない、俺はいろいろと言葉を重ねた。

そのどれも、エミの助けになったようには全く見えなかった。自分の言葉がこれほど無意味だと思ったことはなかった。

その夜は一緒にいると言いつのったが、エミは一人になりたいと固辞した。ほとんど抜け殻に見えるエミを残していくのは耐えがたかったけれど、最終的にはエミの意志を尊重して仕方なく家に帰った。

その夜はまるで眠れなかった。

翌朝、不安に駆られながらまたエミの家まで走った。行くよという連絡に返信はあったので、いることはわかっていたけれど、ドアが開くまで気が気ではなかった。

ドアの向こうにエミが姿を現わした。その顔が思いのほか元気そうだったので、意表をつかれた。何かが吹っ切れたような、穏やかな表情をしていたのだ。

俺は、昨夜のショックと罪悪感が晴らされるような安堵を感じた。ずっと言えなくて苦しんでいたことを口に出したことで、きっと心の重荷が下りたのだ。そんなふうに思った。

少しやりとりをしてから、俺はそのまま、予定していた金融機関との融資相談に行くことにした。エミも、しばらくしてから大家のところへ話をしに行くと言った。

ひとりで行けるのかと問う俺に、エミは大丈夫だよと答えた。

その後、実際に行って店舗の解約を申し出たらしいことは、後に大家に訊いてわかった。

大家の家を出たあと、エミは戻ってこなかった。


それからは、奇妙に歪んだ夢の中にいるようだった。

起こるはずがないことが目の前に現れ、現実とかけ離れたことを皆が口々に話す、奇妙な世界。迷い込んだ俺は、思考を置き去りにしたまま夢の進行に合わせようとするが、時々我に返って「こんなことはあるはずがない」と憤りをぶつけ、しかしどの人間も同じ哀れむような目で見返してきて、次第にただいくつもの哀れむ目だけに囲まれているように思えてくる、不可解な世界。歪んだ夢の中で起こることが自分に浸食してこないよう、俺は感覚をシャットアウトして対処した。捜索、毒物の摂取で昏睡、低体温症、遺書は、ご葬儀はどうされますか、そんな言葉たちが自分に染みこんでこないように。

警察の事情聴取に応じて、エミへの誹謗中傷の経緯を話しているうちに、悪夢が覚めないことを認めるしかなくなった。

警察の捜査で、特に悪質な書き込みをした二人が特定された。そのうちの一人は百に近いアカウントを持ち別々のユーザーを装って書き込みをしていた。

弁護士に頼み、警察署でどちらとも対面した。

その二人は、四十代の女と、五十代の男だった。どちらも他府県の人間で、まったく面識がない、店に来たことすらない人間だった。

二人とも、全く思い出せない顔をしていた。年代と性別、シルエットがぼんやり浮かぶだけで、顔が完全にぼやけている。時間の経過のせいじゃない。目の前にいるときからそうだったのだ。距離はあるとはいえ、向かい合っているのに、雑踏に遮られているように全容がつかめなかった。

強烈に喉が渇いた。焼けつく砂漠のような渇きが、喉元から胸やみぞおちにまで広がって、猛烈に体内の水分を奪っていった。永遠に水分を失って、二度と潤うときなど来ないように思えた。声がかすれ、喉にひっかかって出なくなった。

絶望していた。巨悪だと思っていた存在のあまりの凡庸さに。こんな、電車の中で居合わせたり、どこかの窓口で丁寧な対応をしてもらったことがあるような存在がエミを死に追いやったという事実が、あまりに不可解だった。

画面上であんなにも文字を連ねていたのに、どちらも「軽い気持ちでした」「悪気はなかったんです」「正しいと思っていたんです」とくり返すだけで、何一つ納得のいく説明はなかった。もしかしてまったく関係ない人物が、代役として来たのかもしれないとすら思えたほどだ。

どんなに邪悪で許せない動機でもいい、一定の理屈を持って、本人の中にあるものを子細に説明してくれたなら、まだ救いがあったのだ。どんな事実でもいいから、ただ納得がしたかった。

心の底から、人間というものが嫌になった。

人間が使う言葉というものも。

役場、警察、裁判所、どこでも人間と対面して、そのたびに言葉を使うことが苦痛だった。質問は暴力に思えた。窓口が変わるたび、何度もエミの死を、死因を口にしなくてはいけない。悪夢のようなシステムだった。なぜ、一度きりの説明で全部の機関が共有できるようにしないのか。その言葉を出すたびに血が出るのに、なぜ何度も口にさせるのか。

それが自分と無縁だと思っていた頃は、「自死」という言葉が使われるようになった理由なんて考えたこともなかった。自殺でいいじゃないか、些末な言葉の違いなんてどうでもいいと思っていた。今では信じられないほど鈍く傲慢《ごうまん》だった。

断じて、些末な違いなんかではなかった。「殺す」という言葉が持つ破壊力。それがエミに負わされたとき、記憶の中のエミまで粉々に砕いてしまうのだ。その言葉が与える罪悪の色を、絶対にエミが負うべきなんかではなかった。

あるいは、殺したのはエミ自身じゃない。殺されたという方がもっと事実を表していると思った。

——誰に。

自分の口から出る言葉を聞くたびに、お前のせいだと言われている気がした。

家も荷物も引き払い、向かったのは太平洋沖にある小島だった。

離島のさらに離島、個人の船でしか行けない、歩いてすぐ一周できる島だ。元々数世帯しかいなかった住人もすでにいなくなり無人になっていたその島に、前の店のオーナーの知り合いの母親が二年ほど前まで住んでいた家があり、引き取り手を探していた。身辺整理をしていたときにその話を思い出し、連絡を取ってタダみたいな値段で購入したのだった。

とにかく、人間のいる場所から遠ざかりたかった。言葉の届かないところへ行きたかった。

携帯電話もパソコンも処分して、最低限の身の回りの品とエミが残したいくつかのものだけをバックパックに詰めて、島に渡った。ほとんど誰にも行き先を告げなかった。

電気も水道もガスも止まっていた。先のことを考える気にもなれなかったし、生きることに積極的でもなかったので、どうでもよかった。レトルト食品が大量に貯蔵してあり、主にそれを食べた。最低限の調理器具はそのまま残っていたので、たまに魚や貝や、畑だった場所に生えている食べられそうな植物を採って、カセットコンロで調理することもあった。

気候の変化から季節はわかったけれど、カウントしていなかったので月や日付はわからなかった。

ほぼ二年に近い年月を、たった一人で過ごした。

＊

食卓に向かって手を合わせ、目を閉じる。

ふたたび目を開くと、ほとんどのゲストがまだ手を合わせていた。何かの宗教の儀式のようだ。どの宗教でも、祈るときに手を合わせるのは共通だろうか。姿かたち、人種がバラバラなゲストたちだけれど、同じ所作をしていると不思議とつながりがあるように見える。それぞれが座っている、テイストがばらばらなのにまとまりのあるイスたちと同じように。

それぞれが、箸やスプーンを手に食事を始めた。

人が食べているところが物珍しくて、俺はしばらく観察する。

今でこそ慣れたものの、モネに連れられて娑婆《しゃば》に戻ってきたときは、異世界に来たような気分になったものだ。フェリー、商店、車、家々に高い建物、電車に自動改札機、電線にアスファルト。何もかも、ぎょっとするほど馴染みのないものに見えて、呆然とした。たくさんの人間がいることも異様に思えた。それぞれが違った形や服装、動きをしているさまが新鮮で、思わず珍しい生き物を見るようにずっと見てしまっていた。人の動きが読めず、人通りがあるところでは何度も誰かにぶつかった。

モネは、嬉しそうな顔でいろいろな皿から料理を取り分け、一口食べるごとに「ほう」という表情になったり、笑みをこぼしたりしている。そうしながらも、ホストらしく全体を見回しては、誰かのそばに大皿を寄せたり、少なくなった飲み水を足したりとさりげなく動いていた。

水を飲んだとたん、急に腹の虫が鳴った。まずは目の前にあったひよこ豆のサラダを食べたのを皮切りに、俺は手当たり次第に料理を口にしていく。

知らない人間のつくった料理なんて、食べることができないだろうと思っていた。だけど、抵抗を感じたのは口に入れる前だけで、食べ始めると大丈夫だった。台所を共有したおかげかもしれない。

ただ焼いただけの肉と、かなりの手間と時間をかけているであろうスパイスカレーを、同じように「美味しい」と感じる。北欧風のミートボール、トルコのヘリムチーズのサラダ、中国北部のものと思われるラム肉の水ギョウザ、タコス、ソムタム、キムチ。ゲストたちが多岐にわたる文化的背景を持っていることを、並ぶ料理たちが表していた。

最後に、黒豆のスープと向き合った。

やさしくぼやけた黒。黒色と呼んで良いのかもわからない、なんとも表現しがたい黒だった。煮込んで形をなくした豆が自然とポタージュ状になっていて、スプーンですくうとつややかなとろみが光を宿したように見えた。

黒豆のスープは、キューバでは「フリホーレス・ネグロス」、もしくは単にフリホーレスと呼ばれる国民食だ。フリホーレスはスペイン語で豆という意味だ。

エミの母親のルーツがある国で、しばらく家族と親戚たちと暮らしていたことがあると、エミが教えてくれた。配給制で食材はあまり手に入らず、毎日のようにフリホーレスをかけたご飯だったけれど飽きなかった、みんなで毎食テーブルを囲んでいたその頃が一番幸せだったと。

ご飯にかけるところも、毎日でも食べ飽きないというところも、日本で言うと納豆と似たような立ち位置なのかもしれない。エミが作るフリホーレスかけご飯は、モノトーンでそっけなくおいしそうには見えないのに、口に入れるとおどろくほど豊かな滋味があった。豆によくあるざらついたでんぷん質はなく、粒子の細かいなめらかなとろみに、時折粒が残ったままの豆がまじっているのがアクセントになっていた。本当は、同じようにエミが作っていたトストーネス（キューバの青バナナのフライ）も作りたかったけれど、青バナナが手に入らず断念した。二度揚げでカリッとしていて、甘くないさつま芋のような味のトストーネスも、素朴でどこかなつかしい料理だった。フライにつけて食べる、にんにくとコリアンダーをベースにした食欲をそそるモホソースの味も忘れられない。

時折スプーンが皿に触れる音や、コップを置く音が聞こえるくらいで、食卓は静かだった。

が、不意に盛大に鼻をすする音がして顔を上げる。

ぐるりと食卓を見回すと、ホワイトアスパラガスがしきりに目をこすっているのが目に入った。フリホーレスを食べながら、泣いているのだった。

隣に座っていたアタッカーが立ち上がり、ティッシュを取ると彼に手渡した。まるで、いつもそうしているかのような自然な動きだった。たぶん、彼の名前も素性も知らないのに。いや、だからこそ何の含みもない行動を取れるのだろう、と思い直す。

匿名——名前と素性を明かさないことは本来、人と人とのかかわりを自由にするものなのかもしれない。人を殺《あや》めるための覆面ではなく。

ホワイトアスパラガスは、すみませんと言うように何度も頭を下げ、ティッシュで鼻をかむ。

なんでこいつは、泣いてるんだろう。

何も知らされていないのに。わかるはずがないのに。

なんで。なんでだ。

あの日の自分の叫び声が聞こえてきたような気がして、体内が波立つのを感じた。

＊

島で生きていたある日、海で貝を採っていたときにバランスを崩し、手をついた岩礁で怪我をした。親指の付け根あたりのふくらんだ肉がえぐれて、だいぶ出血した。

放っておいたのだけど、ぼんやりと見ているうちに、ほどなくして血は止まった。そのことに、はっきりとした失望を感じた。

俺がこの世界に留まることを選んだのは、エミの不在が存在したからだ。

エミはいなくなってしまった。あるのは、エミがいたという形跡だけ。だけどそれがあるのなら、それを確認するためだけに生きていようと。

こんな世界にいる意味はもうないと思ったし、後を追いたいとも思った。だけど死んだからといって、エミに会えるわけでもないし、償えるわけでもない。

エミの形をした空白と生きる。俺が望んでいたのはそれだけだった。どれほど痛みと苦しみがともなっても、そうしたいと。

それなのに、月日が経つにつれてそれすら叶わなくなってきた。波が少しずつ岩や砂浜の形を変えていくように、エミの不在の形が変化していく。記憶の中でエミの映像を再生したときに、必ずセットになっていた感情が生々しさを失い、だんだんと遠のいていく。

怪我をした翌日、うっすらとふさがりかけてきた傷を見たとたん、どうしようもなくなり、吠えるように叫んだ。

なんでだよ。なんでなんだよ。

癒やされたくなんかない。回復したくなんか、ない。

そのうちに、一ヵ月もすればきっと、また新しい細胞が増殖してこのえぐれも裂け目も埋められて、元通りになろうとする。欠損したことすらなかったかのように、いつか忘れていく、自分の体が許せなかった。

この世界が、欠けた部分を、エミの不在をどんどん埋めていこうとする力。強い潮の流れのようなその力を前に、一人でどうすればいいのかわからなかった。世界も俺自身も、エミがいた形跡さえ消そうとしている。——思えばあの時、ふさがりゆく傷跡をきっかけに、俺を無力にした理不尽へのどうしようもない鬱屈が、混沌とした状態で一気に逆っていたのだった。それは、世の中という漠然としたものや状況、エミを追い詰めた人間たちに対してだけでなく、エミへの怒りでもあった。どうして、自分勝手にいなくなってしまったんだ。俺がいたのに、どうして。

その夜。猛烈な体の痛みと吐き気に襲われた。体温など知るすべもなかったが、おそらくかなりの高熱も出た。うとうとするたびに、アイスピックで突き刺されるような頭痛で飛び起きた。何度も吐き気が急にやってきて、移動する間もなく寝具の中で吐いた。体の痛みは骨まで響き、骨折したのかと思うほどだった。体が苦痛のためだけに存在しているような状態だった。何もできることはなかった。

そのまま、三日ほど過ぎただろうか。さんざん暴れた痛みや熱は大方去っていったけれど、体は動かなかった。体を動かす元となるエネルギーが、体を蹂躙《じゅうりん》していった暴漢に奪い去られたようだった。

そもそも、動きたいとも思えなかった。動いて何になる？　その先に何がある？　自分の生命を維持するための指令を出す欲求も希望も、何も湧いてこない。どんな種類の感情も、もはや残っていなかった。このままゆっくりと死ぬのかもしれないなと思った。頭の中は霧がかかったようにぼやけていた。

最後の晩餐に食べたいものは、というよくある質問がなぜか浮かんだ。俺の場合は何だろうと、たわむれに考えてみようとした。

フリホーレス。

目の前に実物が現れたかのように浮かんだのは、エミがよく作っていたフリホーレスだった。絵面《えづら》だけでなく、あの匂いとなめらかな舌触り、熱々をほおばったときに喉から体の中を滋養が通りぬけていくような感触まで、今この瞬間リアルに感じているかのようだった。

そのとたん、体全体でそのことしか考えられなくなった。今よみがえった感覚を実際に味わうまではこうしてここに寝ているのは許さないと、体内から大声で叫ばれているかのような、それは食欲とか欲求なんて生やさしいものではなく、何が何でも食べなくてはいけないのだという脅迫に近いものに体が支配され、脳がジャックされたようだった。

そんなことを言われても、ないのだ。フリホーレスなんてここにはない。誰も作ってはくれない。抗おうとした俺は、体が叫ぶその声の意図に気づいた。

自分で作る。……しかない、のか。

衰弱して体をまっすぐにできなかったので、老人のように腰をかがめたまま、エミが残したものの中から黒インゲン豆を這うようにして探しだし、料理を始めたのだった。

どれだけ時間が経ったのかわからない。一、二時間くらいだった気もするが、豆をもどす時間を考えるともっと長い時間だろう。

いつの間にか俺は、倒れこみそうになりながら、鍋の中で湯気を立てるフリホーレスを見つめていた。

自分がこれを出現させたことが、あれほど望んでいたものを、こんな体の状態で現実に作り出したことが信じられなかった。

口に入れたとたん、涙があふれだした。食べたものがそのまま目から出てきたと思えるほど、一さじ口に入れるごとに、涙が体から押し出された。

＊

とっくに干からびたと思っていたのに涙が出ることに戸惑う。

口の中にあったフリホーレスを飲み干した。そのすべらかなとろみは、嗚咽のひっかかった喉でも難なく通りぬけ、ひとりでに腹の中に入っていく。

ゲストたちの視線を感じて、いたたまれなくなるけれど、羞恥は涙を止める力を持たなかった。ホワイトアスパラガスが、「僕のせいですみません」と言いたげにこちらを見つめて、ぺこぺこと頭を下げた。

ゲストたちが、順番に一枚ずつティッシュを持ってやって来た。さっきのホワイトアスパラガスと同じように頭を下げて受け取り、顔をぬぐった。

モネは、大きな皿を持ってテーブルを回り、料理を少しずつ盛り付けている。全部盛り付け終わると、エミの鍋の絵が飾ってある壁際に行き、絵の下に置いてあるサイドテーブルの上に載せた。サイドテーブルには、実物の琺瑯鍋が置いてある。

エミの遺灰を納めた鍋だ。

いつの間にか、全員のお腹が満ちた空気がただよっていて、誰からともなく立ち上がるとテーブルの上を片付け始めた。

その合間をぬって、バニラがお盆に載せたいくつものグラスを運んでくる。苺や生クリーム、アイスクリームが積み重ねられたパフェだ。

バニラが俺の前にグラスを置いてくれたとき、ガラスの脚がテーブルの木肌に当たり、こつんと音を立てた。

その音を聞いたときに、なぜか「戻ってきた」と感じた。人間の世界に戻ってきたのだと。

不思議だ。人間だけが料理をする。人間だけが、死者を弔う。

＊

あの日、一人きりの島でフリホーレスを食べ終わったとき。

波音に、船のエンジン音がまじるのが聞こえた。どうやらすぐそばの船着き場に船がつけられたらしかった。島に人が来ることなんてなかったから、反射的に警戒で体がこわばった。が、ほどなくしてまたエンジンがかかり、遠ざかっていった。

ほっとしたのもつかの間、明らかに外に誰かがいる気配がした。近づいてくる足音に鼻歌がまじり、まさかと思ったとき、「ごめんくださーい」と玄関の引き戸を開く音がした。続いて、玄関と部屋を仕切るふすまが開いて、モネが姿を現わしたのだ。

「李青くん、やっほー。元気?」

「……元気そうに見えるか?」

やっとのことでそう返した。鏡など見ていなかったが、ひどい状態であることは確実だった。不本意だったが、言葉を発せずにはいられなかった。

「よく来られたな」

「あっちの島で知り合ったおじさんが漁船に乗せてきてくれたんだ。夕方にまた迎えにきてくれるって。昨日泊めてもらって、魚料理いろいろふるまってくれたよ。カワハギの肝あえとウツボの唐揚げ美味しかったなー」

「何しにきたんだ」

「姉さんのための場所を作ったんだ。一緒に戻ってきてよ」

「……なんだ、エミのための場所って」

「古墳とかピラミッドみたいなものかな」

「ピラミッド? お前ピラミッドを作ったのか?」

わけがわからなくなった。そのうち、ミイラもハンドメイドしたと言い出しかねなかった。

「例えだよ。見た目は台所なんだけど、役割は古墳やピラミッドみたいなものなんだ。姉さんが生きるための場所。ああでも、誰かが来て癒やされたりもするから、リラクゼーション機能もあるピラミッドかな。親しみやすくするために『町田診療所』って名前にしてあるんだけど」

ますます何を言っているのかわからなかった。長い間、人と話していないから理解力が落ちているのかと、あやうく自分のせいにするところだったが、そうじゃないと思い直した。モネは、言葉を探しながら話している様子だった。

「祭壇……礼拝堂？　うーん、聖地かな」

まあとにかく、とモネは俺の手に封筒を握らせた。

「……なんだこれは」

「パーティの招待状。郵便が出せないから、直接届けにきたんだよ」

「パーティ？」

「うん。姉さんのための」

モネの言わんとすることがわかったとたん、俺は顔をそむけた。

「許せないんじゃないのか、俺のことが」

「え？　なんで？」

素っ頓狂な声を出すモネを前に、俺は言葉に詰まった。

二年前、遺灰を分けてほしいとモネは言ったが、俺はきかなかったのだ。エミはぜんぶそろっていてエミなのだ。ばらばらにするなんてありえないと拒んだ。

葬儀をするのを拒否したのも俺だった。

覚めないとはいえ、間違った悪夢に合わせたくなかった。合わせたら、本当の終わりになってしまうと思った。儀式なんかで区切りをつけるのを、自分に許したくなかった。ずっと許されないままでいるべきだと思っていた。

だけど何よりも許されないと思っていたのは——。

「……俺は、」

握っていた封筒が手から滑り、毛羽だった畳に落ちた。握っていたところがぐしゃりと皺になっていた。うつむいたまま、顔が上げられなかった。

俺はエミに何もできなかったのだ。エミが死ぬのを止められるのは、近くにいる俺しかいなかったのに。

二年前、モネは一週間ほど経ってから帰国してきた。連絡がついたときにはアフリカの僻地にいて、戻るのに手間取ったのだ。遺品の整理などを一緒にやっているあいだにも、口には出さないけれどつねに心のなかでは俺を責めているはずだと、そう思っていた。

必要な言葉を、行動を、もっと選べたはずじゃなかったのか？

俺はエミの痛みをまともに理解しようとすら、していなかったんじゃないか。

「人は、他の人の痛みにはびっくりするくらい早く慣れるんだよ。たとえ自分の子供でも、恋人でもそうなんだ。みんな、それは同じなんだ」

にわかにモネが言った。何度もくり返した、俺の自問自答をまるで見ていたかのように。言葉で胸を殴られたようだった。その衝撃の大きさと反比例するように、その言葉はあっという間に体に吸収されていった。

モネが、ただほんとうのことを言っているだけ、という風情で淡々としていたからだろうか。こんなふうに話す奴だっただろうか。どちらかというとエミの言葉と話し方ではないか。エミがモネの体を借りてやって来たんじゃないか、という荒唐《こうとう》無稽《むけい》な考えがふと浮かび、混乱した。

「僕が李青くんの立場だったら、たぶん同じように感じたと思う」

「お前は俺とは違う」

「李青くん、まさか僕が前と変わらないように見えるからって平気だと思ってるんじゃないよね?」

急にしんとした声で問われて、思わずモネの顔を見つめる。その目がエミに似ていると、初めて思った。

「いまでも、あくびしたときとか、玉ねぎ切ってる時に涙がだーって出てくることがあるよ。お客さんが来たのに止められなくなったりすることが。悲しみの処理の仕方はみんな違うよね。僕の場合は、姉さんのための場所を作ることだった」

モネがしゃがみこんで封筒を拾い、もう一度手に握らせた。

「お葬式とか葬儀っていうと李青くん、嫌がるでしょ？　パーティっていうのも気に入らなかったら他の呼び方でもいいよ、春が近いから春祭りとかさ」

それから、止める間もなくすたすたと台所に入り込み、難なくエミの赤い琺瑯鍋を探し当てた。

エミの遺灰を納めた鍋だった。

「李青くん、骨のひとりじめはもうやめよう」

「犬みたいに言うな」

モネから鍋を取り返したら、またひょいと取り上げられた。暖炉の火のような色の鍋にそっと触れながら、モネは「姉さん、ひさしぶり。帰っておいでよ」とつぶやいた。

＊

最後の一人が帰り、モネの台所にはふたたび俺たち二人だけになった。

静かになったな、と思ってから、今までも静かだったと気づいて苦笑する。

「李青くん」

急に呼びかけられて、心臓が跳ね上がった。ずっと無言だったから、よけいに驚く。

「李青くんのフリホーレス、おいしかったよ」

エミに似た目が俺を見て、言った。

「ああ……」

何と返せばいいのかとっさにわからずにいると、

「エナッスカリ。シュメッゼーグー。ハオツー。ザーキー……」

モネが笑顔で呪文を唱えだした。

「何なんだよ」

「おいしい、をいろんな言葉で言ってる。僕、喋れるのは五ヵ国語だけだけど『おいしい』って単語なら九十九の言語で言えるからね」

「なんであとひとつ足して百にしないんだよ」

二人で、エミの鍋の蓋を開ける。仄《ほの》かなグレイブルーが混じったそれは今、ただの灰に見えた。エミそのものではなく。

モネは手に持った瓶に中身を一部詰めると、

「少しだけ、うちの庭に埋めてくるね」

と外へ出て行った。

ふと、窓辺に置いた白いマグカップに気づいて「あ」と声が出た。

すっかり忘れていた。

「青大豆を植えてみたんだけど、育てるのが難しくて。一本しかまともにできなかったんだ。全部で二十粒くらいしかないから、乾燥させて大事に大事に取ってあったんだよね。今日のために」

パーティの準備で豆を戻していたときに、モネがそう言って出してきた、ひとつかみもないほどの少量の青みがかった豆。ボウルに入れるほどでもないので、マグカップで戻そうとしたのだ。

大事だと言っていたくせに、あまり視界に入らない窓辺に置いていたせいで二人ともすっかり忘れてしまっていた。もう三日も放置していることになる。

恐る恐る窓辺に近寄り、カップの中を覗きこんではっとした。

薄緑と薄青の中間のような淡い色の豆が、水を吸ってふっくらとかさを増し、マグカップのふちぎりぎりくらいまで増えている。乾いて固く、静かだった豆たちは、かつて持っていた水分を取り戻し仮死状態から目覚めたようだった。さらにカップの中をよく見て、おどろいた。そのうちの二、三粒の豆から、透き通った白い芽が出ているのだった。

豆は種でもあるのだと、当たり前のことに気づく。

そのとたん、急にカメラが切り替わるように、自分の体に意識が転じた。そして俺は、自分自身の乾いて干からびていた体に水分が戻っているのをはっきりと感じたのだった。比喩ではなく、眼球から指先に至るまで、水でうるおい生きていることを。いつのまにか、目に映るもの、触れるもの、まわりのすべてが今までと違って感じられていることを。

今朝の「何かが決定的に変わった」感覚がよみがえり、自分のなかで言葉になっていく。

また朝が来たことに絶望しなかったのが、久しぶりだったのだ。

エピローグ　大地のなべ料理

あのころはまだ姉さんと僕が、同じくらいの背丈だったな。

夏の終わりだった。暮れかかった日のひかりが、まだ熱かった。地面は赤茶けてて、僕たちの影がすごく濃かったのをなんでか覚えてる。十歳か十一歳だったと思う。

一日中歩いて疲れて、お腹がぺこぺこだったんだよね。一日、ほとんど何も食べてなかったんだ。食事を作ろうと、ふたりで話し合って決めたところだった。

鍋はなかった。包丁もまな板も、調理器具なんて何もなかったよ。それどころか、コンロや水道だってなかった。

だってそこは、どこか知らない土地の、松林の中だったから。少し遠くの方に海が見えて、ざーんと波の音が聞こえてきてた。

僕は、どこかの家をたずねてご飯を食べさせてくださいって言えばいいんじゃない？　って軽く考えていたんだけれど、姉さんにめちゃめちゃ反対された。

「警察に連絡されたら、連れ戻されるでしょ」

スペイン語で姉さんが言って、僕はなるほどと思った。その頃は、僕たちの会話のだいたい六割はスペイン語、三割英語、日本語一割くらいだったんだ。姉さんの声にはスペイン語の響きが一番似合っていた。

お父さんと共に日本に来て最初の一年、僕と姉さんは別々の親戚のところに預けられていたんだよね。それからお父さんが、

「新しいお母さんを見つけてきたから一緒に暮らそう」

ってまた僕たちを引き取った。

それまでの一年で、僕はよりオープンな性格になって日本語もペラペラになった。対照的に、姉さんは殻に閉じこもっちゃって、日本語もカタコトしか話せなかった。久しぶりに会った姉さんがほとんど笑わなくなって、いつもここにいないような様子で立っているのを見て、子供心にショックを受けたよ。

若くて新しいお母さん、new young momを略してNYM《ニム》って僕らは呼んでたんだけど、ニムとの生活が始まって、姉さんはさらに悪化しちゃった。ニムは、姉さんの日本語が聞こえないとか、おかしいと言って険しい顔をして、僕とスペイン語や英語で話しているとさらに不機嫌になった。

ミュージシャンのお父さんは、才能があふれてて陽気で楽しい人だったけどちょっぴり無責任だったし、すごくめんどくさがり屋だったから、僕らをニムに任せて、ツアーで全国を回っていてあんまり会えなかった。

ニムが一番嫌だったのはきっと、姉さんが自分の作った料理を食べなかったことだと思う

よ。食事のときにキレちゃうことが多かった。「私は一生懸命やってるのに、もう嫌だ」って泣き出しちゃうこともあったよ。

まあ、そうだよねえ。せっかく作った料理を食べてもらえないって傷つくもん。

僕は姉さんをなんとか説得しようとしたんだけどほら、姉さんて一回決めたら変えられない人だから。料理から情報を受け取りすぎちゃうから、ニムの料理は騒々しいものが入りすぎて負担だったんだって。

とうとうニムは全く料理をしなくなって、「自分たちで勝手にやりなさい」って言われちゃった。でもいい人だったよ。食材はたまに買ってくれてたし、ふつうに話してくれてた。……僕にはね。

自分たちの部屋とかなかったから、姉さんと僕はいつも台所にいた。あるものでどれだけ工夫して美味しいものができるか、いろいろ試して遊んでたんだ。節約料理のレシピ本ができるくらい、数々の名作を生み出した。ほとんど忘れちゃったけどね。

狭い台所だったから「もっとこうだったらいいな」というのがいろいろあった。ふたりで「理想の台所設計プロジェクト」を立ち上げて、話し合って決めたことを設計図に描いた。廊下に今、飾ってあるでしょ？　あれはかなり時間をかけて練った企画だったんだよ。

そのうちにニムは「あんたたちの父親に騙されて子供を押しつけられた」って言って、実際その通りなんだけど、いなくなっちゃった。仕方ないからお父さんに電話したら、「ツアーがあと二週間残ってるから、どうにか周りに頼って乗り切ってください。お願いします」って言われた。まあしょうがないか、と思ったよ。お父さんは他の事がだめでも歌の才能はすごくて、お父さんの歌で涙を流す人もたくさんいるから、お父さんは自分のやるべき事をやらなきゃな、って。

近所の人や学校の先生に言ったら食べるものを届けてくれて、二、三日過ごしたんだけど、それから児童養護施設にしばらくいることになった。

人に話したら大変だったねとかかわいそうって言われるんだけど、僕はぜんぜん辛かった記憶がないんだよね。すぐに忘れちゃうってのもあるけど、鈍いみたい。逆に、先生とか近所の人が優しくて、児童養護施設はキレイで、ほんとにラッキーだなあって思ってたよ。

姉さんには「モネってパン生地みたい」って言われた。ぺたんこにしようとしても、すぐ元に戻っちゃうからだって。僕の持つはずだった深刻さとか心配とか繊細さが、全部姉さんに偏《かたよ》って、本来なら一人の人間の中にあるはずのふたつの要素が、二人に分かれて生まれてきたような気がするって。

で、迎えに来たお父さんが、二人ともは無理だから僕だけ連れて行くって言うわけ。

そしたら姉さんがキレちゃって、家出するって言い出したんだ。家じゃなくて施設だったけど。一人で行かせるのは心配だったから、僕も一緒に行くことにした。

市バスの終点まで行ってそこから歩き続けたら、その松林に着いたんだ。

松林の中で、ごはんをつくることに決めてから、リュックサックの中から野菜を取り出した。土のついたじゃがいもやナス、まだ小さなとうもろこしとかね。実は、少し前に通りかかった畑からこっそりもらってきてたんだ。

「水が出る場所、どこかにあるかな？　味付けは……できないよね」

せめて塩を持ってくればよかったと思ったよ。はさみやライター、着替えの他にリュックに詰めてきたのは、飲み物とお菓子だけだった。

僕らは困った。それから、どうしたと思う？

「海で洗ったらどうかな」

姉さんが言ったんだ。すごいアイデアを思いついた、って顔で。

「そしたら一緒に塩味もつくと思う」

「なるほど！」

僕、姉さんは天才なんじゃないかと思ったよ。

ふたりでワクワクしながら、向こうに見えている海まで走った。思ったよりも遠かったはずなんだけど、不思議と疲れを忘れて、走ってる時間が輝いてずっと続くような感じがした。

「すごいね、こんなに広い洗い場」

そう言いながら、海水で野菜を洗う姉さんはすごく生き生きしてた。キューバの歌を歌いながら、打ち寄せる波と遊んでるみたいだった。昔の姉さんが戻ってきたと思って、僕も嬉しかったなあ。

松林に戻って枯れ枝を集め、リュックに入れてきたライターで火をつけた。

「この中に入れたら、野菜丸焦げになるよね」

たき火を見ながら、僕らは考え込んだ。

枝に野菜を刺して、火からすこし離れたところにかざしてじっくり加熱しようとしてみた。でもすぐに手が疲れちゃって、もたなかった。

それから、どうしたと思う？　また姉さんがひらめいたんだ。

「地面に食材を埋めて蒸し焼きにする方法がハワイにあるって、お父さんが教えてくれたことなかったっけ」

僕らはとりあえず、尖った石を使って地面に穴を掘り始めた。そのうち穴を掘ること自体にハマっちゃって、やけに大きい穴ができた。

そこから、どうやって「蒸し焼き」をすればいいのか？　というところでつまずいた。

「石焼き芋ってあるでしょ？　あれみたいにやればいいんじゃない？」

僕の言葉に姉さんは首をかしげた。日本に来てからまだ食べたことがなかったらしいから、説明してあげた。

「大きな鍋みたいなやつの中に、さつまいもと熱い石を入れて焼くんだよ」

「焼いた石の熱で加熱するのか。すごい。そうか、土の中をオーブンみたいにすればいいんだね」

ふたりでちょうどいい大きさの石を拾い集めて、たき火の中に入れた。

火の中で石が熱くなっているあいだに、掘った穴の中に松葉をしきつめて、間を空けて野菜たちを並べた。それから、木の枝で焼けた石を挟んで穴の中に入れていったんだ。木の枝で持っと不安定で、変なとこに落ちちゃうから「あぶない」って大騒ぎしながらだったよ。

穴の上から松葉と木の枝をかぶせて、落ちていた段ボールで蓋をした。

待ってるあいだに、また海岸に夕日を見に行った。あまりにもきれいで、時間を忘れたよ。太陽が見えなくなってから、あわてて戻った。

蓋をあけた瞬間にたちのぼった匂いで、野菜たちがすごくいい状態なのがわかった。

地面にしきつめた松葉をお皿にして、取り出した野菜達を載せていく。ふうふう冷ましながら、あつあつのナスやじゃがいもを食べた。

信じられないくらい、おいしかったよ。

やわらかくて、野菜の甘みがぎゅっと伝わってきて。香ばしくて。ほんのり松葉の香りがするのも、ほのかな塩味がするのもすてきだった。うっかりして思ったより長いこと放置しちゃったけど、そのおかげでよりおいしくなったらしい、そのことも嬉しかった。

「大きな台所だね」

姉さんがそう言って空を見上げた。木々の間から、薄い墨みたいな、夜になりかけの空が見えた。

……考えてみると、あの日に僕は気づいたんだ。

火と土と水と風を使って、あたらしい命をつくって、自分の体に取り込む。この大きな台所で、毎日それさえやっていれば、この場所に受け入れられて、いつもつながっていられる。だからいつでも、それ以上でも以下でもない幸せで満ち足りていられる、っていうこと。これだけ、やっていればいいんだなって。

「日本語のなかでは、いい塩梅《あんばい》っていう言葉が好き」

たき火にあたりながら、姉さんが言ってた。梅干しを漬けるときの塩加減からきた言葉。日本語はすでにペラペラだったけど、そのときの僕は知らない言葉だった。

「いい塩梅の風が必要なんだね。風が強すぎると火が消えちゃうし、変な方向に吹くと他のものに燃え移って火事になっちゃう。いい塩梅、ちょうどいいって、すごいバランスだよね。いい塩梅の風と、ちょうどいい量の水とか時間、すごいことが重なった結果、料理ってできるんだよね」

火に照らされた姉さんの顔が、すごく神聖なものみたいに見えた。

「こんなに奇跡みたいにしてできるのに、あっというまに消えちゃうことがすごく悲しいなあってずっと思ってた。でももう、悲しくない。消えるんじゃないって、今わかったから」

姉さんは、そう言ってたんだよ。

そういえば、大人になって世界を旅するようになってから知ったんだけど。

地面に掘った穴に焼いた石を入れる蒸し焼きは、ペルーの先住民族の「パチャマンカ」っていう料理なんだよ。パチャマンカは、「大地をなべにする」っていう意味。これだけ離れてても人類、考えることは同じだね。
あ、火がもう消えるね。寒くなってきた。李青くん、おなかすかない?
台所に戻って、一緒になにかつくる?

「第一話　カレーの混沌」　小説現代二〇二三年六月号掲載
そのほかは全て書き下ろしです。

キッチン・セラピー

© Aoi Uno 2023

Printed in Japan ISBN 978-4-06-531807-2 N.D.C. 913 302p 20cm

二〇二三年七月十日 第一刷発行

著者 宇野《うの》 碧《あおい》

発行者 鈴木章一

発行所 株式会社講談社
〒一一二―八〇〇一
東京都文京区音羽二―一二―二一
電話 出版 〇三―五三九五―三五〇五
販売 〇三―五三九五―五八一七
業務 〇三―五三九五―三六一五

本文データ制作 講談社デジタル製作

印刷所 株式会社KPSプロダクツ

製本所 株式会社国宝社

定価はカバーに表示してあります。

落丁本・乱丁本は購入書店名を明記のうえ、小社業務宛にお送りください。送料小社負担にてお取り替えいたします。なお、この本についてのお問い合わせは、文芸第二出版部宛にお願いいたします。本書のコピー、スキャン、デジタル化等の無断複製は著作権法上での例外を除き禁じられています。本書を代行業者等の第三者に依頼してスキャンやデジタル化することは、たとえ個人や家庭内の利用でも著作権法違反です。

宇野 碧（うの・あおい）

1983年神戸市出身。放浪生活を経て、現在は和歌山県在住。旅、本、食を愛する。2022年、ラップバトルを通じて母と息子の対話を描いた『レペゼン母』で小説現代長編新人賞を受賞しデビュー。本作が2作目となる。